# Vésperas

# Vésperas

Adriana Lunardi

1ª edição

EDITORA RECORD
RIO DE JANEIRO • SÃO PAULO
2025

CIP-BRASIL. CATALOGAÇÃO NA PUBLICAÇÃO
SINDICATO NACIONAL DOS EDITORES DE LIVROS, RJ

L983v  Lunardi, Adriana
        Vésperas / Adriana Lunardi. - 1. ed. - Rio de Janeiro : Record, 2025.

        ISBN 978-85-01-92400-1

        1. Contos brasileiros. I. Título.

25-96130                     CDD: 869.3
                              CDU: 82-34(81)

Gabriela Faray Ferreira Lopes - Bibliotecária - CRB-7/6643

Copyright © Adriana Lunardi, 2002, 2025

Todos os direitos reservados. Proibida a reprodução, armazenamento ou transmissão de partes deste livro, através de quaisquer meios, sem prévia autorização por escrito.

Texto revisado segundo o Acordo Ortográfico da Língua Portuguesa de 1990.

Direitos exclusivos desta edição reservados pela
EDITORA RECORD LTDA.
Rua Argentina, 171 – Rio de Janeiro, RJ – 20921-380 –
Tel.: (21) 2585-2000.

Impresso no Brasil

ISBN 978-85-01-92400-1

Seja um leitor preferencial Record.
Cadastre-se no site www.record.com.br
e receba informações sobre nossos
lançamentos e nossas promoções.

Atendimento e venda direta ao leitor:
sac@record.com.br

# Nota

Pronto, um livro nunca está, nem mesmo depois de publicado. A queixa de que podia ficar melhor, no mais das vezes, parte desta autora, para quem o ponto-final é uma submissão ao tempo, não à escrita. Uma nova edição de *Vésperas* oferece-me a oportunidade de voltar aos originais de 2002, dessa vez com um olhar de revisora. Nada acrescento nem tiro dos contos, salvo um par de adjetivos e vírgulas que, sendo melodia na hora de criar, não fazem falta alguma à leitura.

Rio de Janeiro, março de 2025.

Espero viver sempre às vésperas. E não no dia.
CLARICE LISPECTOR

That Such have died enable Us
The tranquiller to die —
That Such have lived,
Certificate for Immortality.
EMILY DICKINSON

# Sumário

Ginny 11
Dottie 21
Ana C. 43
Minet-Chéri 59
Clarice 71
Kass 87
Victoria 99
Flapper 111
Sonhadora 117

Sobre as personagens 135

# Ginny

Ela repassa pela última vez o traçado irregular de sua caligrafia, certificando-se de não haver cometido nenhum erro gramatical. Em seguida, dobra, primeiro na vertical, depois na horizontal, as páginas que acaba de assinar com o *V* usado para os íntimos. Com firmeza, faz o polegar deslizar sobre os vincos, pressionando suavemente, para reduzir o volume do papel a ser envelopado. Executa a tarefa com a destreza necessária a um origami e o culto da grande missivista que sempre fora. Por último, aproxima a cera de lacre à chama de uma vela e carimba com o sino o inconfundível *VW* que identifica a remetente.

Enquanto espera aquela mancha mole e avermelhada secar, seu olhar dança; detém-se em cada um dos objetos sobre a mesa, agradecendo o silêncio aquiescente com que a haviam contemplado trabalhar todos esses anos. A bola de cristal sobre as folhas de papel, as folhas mesmas, compradas em uma papelaria de Charing Cross, o tinteiro e a caneta, presentes de Vanessa, a quem deverá ser entregue um dos envelopes recém-sobrescritos; o outro pertence a Leonard. É ele quem deverá encontrá-los ao abrir a gaveta da escrivaninha onde Virginia, finalmente, os acomoda.

Ela sabe ser aquele o primeiro refúgio em que o marido há de procurar, tão logo se inquiete com a sua demora. Não porque Leonard saiba da existência das cartas; elas ainda pertencem ao universo fechado da remetente e poderiam, sem prejuízo algum, ser rasgadas, queimadas e nunca chegar ao seu destino. Em vez disso, Virginia deixa-as bem à mostra, evitando qualquer lapso que retarde o seu conhecimento, a fim de poupar incertezas e ansiedades aos que ama.

Reconhece a dificuldade que enfrentara para encontrar cada palavra e dar ao texto o tom justo que o assunto merece. Tivera de fugir ao labirinto de vozes em que está encarcerada, fazer rascunhos e esboços erráticos, e ser muito rápida quando conseguiu. Escrever fora o único jeito que ela havia encontrado para suportar a vida. É também a maneira de anunciar sua despedida. Virginia fecha a gaveta e prepara-se para deixar o escritório. Na porta, hesita. Um hábito, ainda vivo, a impede de sair. Ela dá meia-volta em direção à vela, que havia esquecido acesa.

No vestíbulo, calça os sapatos sem saltos, um modelo masculino gasto que usa para percorrer grandes distâncias. Tira do armário o casaco de lã sete oitavos e enfia os braços nas mangas. Abotoa-se até a gola e mergulha as mãos, conferindo a profundidade dos bolsos em faca. Por último, apanha a bengala de castão de bronze, companheira de longas jornadas, e com ela alcança a rua. A casa permanece aquecida e os móveis repousam agora na mais inútil solidão. O único movimento é o do pêndulo do relógio, que empurra as horas para a segunda parte do dia, cada vez mais longa com a vizinhança da primavera.

A marcha de Virginia é forte, diferente do comum de seus passeios, que sempre obedeceram a um ritmo todo próprio, feito de passadas curtas e rápidas, interrompidas inúmeras vezes pelo gosto de observar as mudanças de plantas que renascem ou os bichos que deixam os ninhos. Ela conhece as árvores e as flores pelo nome; aprendeu a identificar, de acordo com a coloração dos terrenos mais elevados, o tipo de cereal que os agricultores cultivam e a época ideal para a colheita. Hoje, porém, só irá deter-se diante da pedra que vira na semana anterior à beira do Ouse, rio que marca a fronteira de Rodmell. É grande, a pedra; a maior que poderia carregar. Suas arestas, bastante regulares, foram limadas por anos de intempérie e esquecimento. Depois de tê-la encontrado, Virginia voltara todos os dias para vigiar, ter a certeza de que ninguém mais estava interessado em retirá-la dali.

Avista-a de longe, sólida e inexpressiva como todas as pedras. Passividade que parece, contudo, uma declaração de perseverança, de firmeza, e Virginia sorri, cheia de gratidão, quando se agacha para apanhá-la.

Primeiro, necessita encontrar os pontos de apoio para removê-la. A resistência não é pouca. Uma teimosia entre os minerais os faz detestar qualquer espécie de deslocamento. Ela insiste. Uma intimidade de raiz, entre rocha e solo, retarda a separação, mas não a impede. A determinação de Virginia move qualquer matéria. É a sua primeira vitória, e ela a interpreta como um bom sinal.

Concede-se um momento para respirar. Olha para trás. Os rastros que foi deixando apagam-se à medida que ela se aproxima do rio. Em vez de jogar cascalhos brancos para encontrar o caminho de volta, como Hansel e Gretel, Virginia se agacha de novo, recolhe a pedra — uma carga aparentemente insustentável para seus ossos — e a coloca no bolso.

Agora, será preciso tirar de dentro de si a força da resolução que havia tomado e seguir adiante, preocupando-se apenas em manter a coluna ereta e garantir, assim, a dignidade de não falhar naquele último ato em vida.

Avança devagar, com os olhos fixos em um horizonte sem imagens, concentrada na linha reta que a levará para o leito do rio. As pegadas hesitantes e os furos que a bengala faz na terra levam poucos segundos para virar poças.

Virginia mal consegue manter-se em pé quando as águas pardacentas do rio lhe alcançam os tornozelos. Os sapatos afundam-se na lama solta das margens, dificultando a mecânica dos passos. Confusas com o declive irregular do terreno, suas passadas têm o equilíbrio de um bebê que começa a caminhar. A vareta de madeira na mão esquerda, tão fiel nas caminhadas, revela-se inútil nessa hora. Ao final de um passo, em vez de apoio firme, o punho encontra um vazio sem fim, para onde seu corpo é tragado. Antes de chegar ao chão, as mãos de Virginia instintivamente se espalmam, evitando o choque do rosto. E ela cai, sustentada apenas pelos joelhos e pulsos, na mais humilhante das posições.

A queda é um susto. Em tudo que havia previsto de impedimentos e empecilhos, Virginia jamais considerara a traição do próprio corpo. Ao redor, a água se escurece, tingida pela lama que se revolve nas entranhas do rio. Cascalhos de seixos se encravam em seus joelhos, lanhando a pele debaixo das meias de lã, feitas em farrapos. No entanto, Virginia não sente dor. Está anestesiada pelo frio, subjugada pelo fracasso. Examina as mãos feridas, vermelhas do sangue que brota das chagas recém-abertas e, por uns instantes — agora eternizados —, ela permanece de joelhos, a pedra aninhada no ventre, sem ter a quem pedir perdão.

O vento nordeste assobia. É o único ruído naquela tarde de pouca luz. Um peixe salta, furando o espelho da água. Virginia poderia fitar-se naquela superfície polida, tirar de sua própria imagem um motivo de desistência. Mas já não pode enxergar. As lágrimas teceram um véu sobre seus olhos, deixando-os tão turvos quanto o rio que a chama para o fundo.

Tateando, como se estivesse no escuro, procura a bengala e não a encontra. É preciso erguer-se, desta vez, sem ajuda. Virginia acomoda outra vez a pedra no bolso do casaco sujo e já encharcado. O peso agora é ainda maior e ela só tem a si mesma para recomeçar. Levanta-se com dificuldade, arrisca um primeiro passo e percebe que está em condições de seguir adiante. Poucas vezes nos livros teve a mesma certeza. Havia sempre uma história por ser escrita e muitas abortadas. Eram tantas, que já tinham fugido ao invólucro frágil de sua imaginação para instalar-se pelo corpo inteiro, especialmente junto aos brincos, em uma algazarra que não a deixava concentrar-se em mais nada. Nem toda a disciplina do mundo iria fazê-las calar. Virginia tentou comprimidos e doutores tantas vezes quanto fez aniversários: seis décadas quase completas. Havia épocas em que as vozes sumiam, mas esses intervalos eram cada vez mais curtos, e, ao voltar, pareciam estar sempre menos afinadas.

O primeiro passo é ainda hesitante. No segundo, Virginia ganha de volta a confiança nos sapatos, mais habituados à geografia das águas. Ela puxa os bolsos do casaco para a frente e abraça a pedra, de modo a oferecer maior sustentação ao peso que lhe arde nos ombros. Carrega-a praticamente no colo, de longe parecendo uma mãe e seu recém-nascido em uma cerimônia pagã de batismo. Pequenas ondas constroem círculos ao redor daquele corpo magro e vertical que avança com a determinação de um banhista em dia de sol.

Cada passo exige mais e mais força dos músculos das pernas, que parecem manipuladas por fios invisíveis nas mãos de um bonequeiro amador. Ao mover um dos pés para continuar sua romaria claudicante, Virginia sente o sapato prender-se à lama em que se assentara. Insiste em removê-lo. Parece colado. Já não pode avançar nem retroceder. A sensação é a de estar presa na própria imobilidade.

Virginia procura apoio no pé livre, mas deposita nele mais esperanças do que deveria. Em vez de encontrar terra firme para recomeçar, perde-se no declive do terreno e desliza, como se patinasse em uma pista de gelo. O escorregão é rápido, o pé ainda preso no lodo a detém, chama-a de volta, torce-lhe a perna, obriga-a a ficar, e Virginia tomba, desta vez caindo de costas para o chão. A pedra, servindo de âncora, mantém o seu torso preso do peito à cintura. Poderia deixar-se afogar agora, na água imunda que mal passaria dos joelhos se ela estivesse em pé. No instante da queda, entretanto, os pulmões já estavam protegidos e as entradas bloqueadas para reter o ar por sessenta segundos, tempo suficiente para a vida reanimar-se em uma nova estratégia.

Virginia sente um amargo na boca. Não é o acre do barro, das algas apodrecidas: é o gosto da desolação, o mesmo que lhe suscitava a cadeira para sempre vazia do irmão ou os dedos de Leonard, sujos de tinta, desistindo de prender a mecha de cabelo que lhe atrapalhava a visão, e ainda as ruas sinuosas de Londres, que em breve amanheceriam bombardeadas. Nenhum outro sentido era mais difícil de ser controlado que o do gosto. Através dele, cultivava uma espécie ancestral de conhecimento e registrava a memória de todas as coisas. Do leite morno, do beijo de Vita, das palavras e da ausência de palavras — esse, um gosto cada dia mais presente. Então, decide levantar-se e morrer com a decência que havia imaginado. Para isso, mais do que nunca, precisará de método e paciência.

O curto intervalo que precisa para pôr-se em pé tem a demora de uma noite insone. Virginia está ferida em todos os membros. A pedra socou-lhe duramente o estômago, e a nuca lateja depois do choque contra o rio. O coro de vozes ressurge em uma algaravia de pássaros e a obriga a tapar os ouvidos, atormentada. São fantasmas que a perseguem, escrevera na carta de despedida. Ela não era tão forte para viver sem o seu silêncio, ninguém é, nem essa gravura rural onde nuvens cor de chumbo se debruçam cheias de curiosidade, alheias ao que vem a seguir.

O esforço desesperado de Virginia ignora as reações do corpo. As vozes não permitem que ela calcule os avanços. É como no sonho em que cremos correr sem sair do lugar. Todo começo é assim, ela sabe. Os contos, os romances, as cartas. Padecia do terror de não conseguir. O final sempre fora mais fácil, chegava com a naturalidade com que chegam os desenlaces de uma história, anunciando-se pouco a pouco até tudo concordar. Na vida, é diferente, como não devia ser. Virginia decide, então, lançar-se de vez às águas que já lhe cobrem os joelhos, fugindo aos pássaros, aos pensamentos, ao peso da descoberta.

As mãos agarram os seixos e as plantas do fundo, como se escalassem um terreno hostil. Ela abre os olhos e vê apenas o escuro do barro, para onde voltará. Afogadas, as vozes finalmente se calam, e Virginia ri, deixando bolhas de ar em um caminho sem volta. Ela nada, despreocupada como um peixe. Suas braçadas ceifam camadas e camadas de água até alcançar a correnteza do rio, onde a pedra no bolso não há de fazer a menor diferença.

# Dottie

## I

A linha amarela aproxima-se perigosamente dos pés da cama. Seu traçado uniforme e retilíneo avançou sem que se percebesse o movimento. Mede alguns metros agora, mas sua forma inicial foi a de um simples vetor, um fio que escorreu pela bancada da janela, ganhou corpo, e luta nessa hora para invadir o hemisfério longínquo do outro lado do quarto, onde irá juntar-se a milhares de outras linhas para formar um emaranhado de puro ouro que nem mesmo cortinas bem cerradas conseguirão apagar.

Todas as manhãs começam assim, a menos que seja inverno, a menos que o dia dê em chuva e os arranha-céus guardem para si a luminosidade já rara de alguns bairros de Nova York. Essa, contudo, é a estação em que os dias nascem prematuros, ansiosos por injetar clareza em cada canto. Um belo começo de verão, comemoram as secretárias no intervalo do almoço, os atletas suando no parque, e até as flores no auge inconsciente de sua maturidade.

Apenas Troy não entende a invasão da claridade. Há medo dentro dele. O medo de encontrar coisas que se movem de modo autônomo e silencioso, sem uma materialidade que permita serem apalpadas, incorpóreas demais para adivinhar-lhes a carga de perigo que trazem escondida. Pelo menos é o que seus olhos desabafam, redondos de desamparo, diante do facho que ameaça escalar o leito e incendiar os lençóis em que repousa sua visão mais querida.

Troy não consegue lembrar-se de que esse traço percorreu uma trajetória idêntica ontem, e também antes de ontem, e em cada dia anterior, mais tênue ou mais forte segundo a época do ano. Para ele, trata-se de um inimigo novo de quem nunca havia sentido o cheiro.

Diante do avanço incoercível da tragédia, uma natureza atávica o toma e o obriga a impulsionar o corpo para o alto, em direção à cama, e chegar o mais próximo possível ao local de perigo, cumprindo, assim, o códice herdado do pai, dos avós e de todos os de sua espécie.

As primeiras tentativas são frustrantes. Troy está desacostumado a enfrentar obstáculos. Criado em apartamento, nunca viu um coelho, uma borboleta perdida no campo. Atrapalha-se com a adrenalina que dança em suas veias e com a flexibilidade pouco desenvolvida. Não sabe vencer nem o próprio peso. Após um esforço desesperado, consegue prender-se ao colchão pelos dentes e, numa contorção desajeitada, chegar finalmente ao topo. Está tonto, ofegante. Escalar exauriu suas forças. Gostaria de descansar um pouco, mas não pode desistir agora. Antes de tudo, antes mesmo de recobrar o fôlego, começa a lamber ansiosamente os pés de sua dona.

## II

Dottie não se decide a abrir os olhos, procrastinando o ritual das horas que terá de arrastar até o fim do dia. Aceita, por inércia ou prazer ligeiro, as pinceladas úmidas que Troy distribui com equidade entre os dedos e as solas nuas de seus pés.

— Aos 74 anos, quem senão um poodle poderia lamber o chão que você pisa?

O pensamento vem pastoso, desidratado como a língua, que parece grande demais para a boca, desproporção, aliás, que já deliciou — e incomodou — boa parte dessa cidade que agora respira alheia ao sono comprido de uma de suas ilustres e esquecidas moradoras.

Tomada subitamente de nojo pelo afago que lhe lambuza a pele, Dottie acerta um chute no estômago de Troy e atira-o de volta ao carpete que seus dentes afiados ajudaram a esfarrapar.

Privado temporariamente do ar, a espinha a arder em queixas, o cão celebra, já remontado nas patas, o sucesso de seu objetivo. As lágrimas involuntárias provocadas pelo corpo em sofrimento misturam-se ao júbilo do dever cumprido. Dottie em movimento! Está, portanto, salva do raio que a poderia tragar. Os ganidos de dor são também uma expressão de alegria e só cabem na ambivalência sutil do afeto. As orelhas de Troy levitam, cheias de admiração, enquanto ele contempla o ser que mais ama esforçando-se para se pôr em pé.

A massa volumosa, mal coberta por uma camisola sem cor, senta-se à borda do leito, resignada como um leão-marinho que encontrou um banco de areia onde devia haver apenas água. Tudo nela é peso e forma desfeita. A cabeça pendida recorda a existência de um pescoço, que se avolumou e uniu-se ao queixo formando uma papada que desmorona em direção ao peito. Nos seios, nas coxas, nos braços, a mesma falência. A pele se desprendeu da carne, como se nunca houvera existido intimidade entre elas. Abandonaram-se, por assim dizer, feito amantes cansadas de apoiar e zelar pelo interesse uma da outra.

— Excesso e falta de juventude: duas coisas que só uma faca resolve. — O comentário se faz por puro hábito, uma forma de saudar o dia. Dottie espicha os olhos e encara a mirada fixa de Troy.

Há quem desconfie que a fidelidade dos cães seja um resultado da pouca memória com que foram aquinhoados. De que outro modo justificar a insistência esperançosa, desprovida de mágoa ou vingança, com que voltam para junto do pé que ainda há pouco os enxotou? Sentado sobre as patas traseiras, Troy espera um gesto para aproximar-se, fazendo crer que não há, entre os de sua raça, a complexidade que o velho médico de Viena desbaratou das arestas da alma humana. Se existisse um inconsciente por trás das atitudes do animal, certamente o humor volátil de sua dona seria obrigado a conter-se, respeitoso, ante a porção não domesticada que nele se supõe adormecida.

— Se você pensa que me acordou, está enganado. Velhos não dormem, Troy. Treinam para ficar imóveis no caixão — ela diz em voz alta, fazendo o cão acenar a cauda, feliz com tanta deferência.

Ainda sentada, sem ânimo para as demandas da vigília, Dottie começa a tatear os panos amarfanhados ao redor. Junto ao travesseiro, encontra o que buscava.

— Fidelidade na cama? Só dormindo com uma garrafa. Ao menos ela estará lá no dia seguinte.

O litro necessita apenas de dois goles para se esvaziar, esforço que Dottie empreende após concluir que, se estivesse acordada há mais tempo, aquele seria, afinal, o drinque do almoço. Um almoço que se estenderia até o fim da tarde e dispensaria qualquer sinal de refeição; um almoço feito mais de copos do que de pratos, mais de conversa do que de pão, em que ela teria de usar apenas o canivete afiado com que gravou seu nome na mesa redonda do Algonquin. O olhar permanece suspendido em um fio de memória. Mesmo a contragosto, Dottie revê os amigos que, assim como ela, acariciavam e golpeavam o espírito de sua época sem compaixão.

— Todos mortos — ela sentencia a seco —, inclusive eu.

A boa distância, Troy observa a dona sumir dentro de si mesma, repetindo o truque de estar e não estar ali, tornando-se mais uma dessas presenças inanimadas que lhe provocam a angústia das coisas ininteligíveis.

## III

Inquietos, os olhos de Troy erram pelo quarto, tentando achar o alvo para o qual a dona dedica tanta atenção. Caminha um pouco, mede a extensão do olhar de Dottie, troca de posição, mas nada encontra. Repete a operação até esquecer-se do objetivo e partir em busca de novas emoções. Sua índole brincalhona faz com que revire chinelos e atice-os como se fossem seres vivos. Reencontra no caminho o raio de luz que o havia atazanado pouco antes, mas não o reconhece de imediato. O fio estreito abriu-se em uma talha castanha e larga que se oferece como um rio. Troy se concentra. Estima o impulso que irá precisar para atravessar de uma margem à outra. Na primeira tentativa, o salto é tão pífio que ele se estatela no meio do caminho. Se fosse líquido, o duto de calor que o céu derrama no piso teria tragado o animalzinho sem nenhuma chance de salvação. O cão se recompõe e atualiza os cálculos, injetando mais força para que as pernas cheguem com sucesso ao outro lado. Consegue o objetivo. E toma gosto. Refaz a trajetória inúmeras vezes, melhorando sua performance até chegar a uma destreza que acaba por chamar a atenção da dona.

— Alan? — Dottie exclama, com uma nota de alegria na voz. Volta o pescoço em direção a Troy, que, mesmo sem reconhecer como sendo seu aquele nome, corre para junto daquela que o chama. Dottie o recebe no colo, sem enxergá-lo nem ter muita certeza do que acontece em volta.

A nuvem que recobre suas pupilas a faz confundir a nesga de sol infiltrada no quarto com a presença luminosa do ex-marido. Envergonhada como uma criança que não aprendeu a dominar os avisos da bexiga, vai admitindo aos poucos o seu equívoco.

— Deram de aparecer, todos. Ernest, Scott e agora Alan. Me aguardam em Paris. Dizem que não há graça só os três, pois ninguém fala tão mal de mim como eu mesma.

O cão acompanha com atenção apaixonada o articular difícil dos lábios de sua dona. Usa os ouvidos não para descobrir as palavras, mas para descortinar o sentimento que a elas correspondem, em uma compreensão só alcançada pela sensibilidade de sua espécie. O focinho perscrutador segue a trajetória que vai da garrafa à boca de Dottie. Reconhece ali um sinal de desjejum, e a fome começa a unhar-lhe as vísceras.

Inquieto, Troy dá voltas em torno de si mesmo. Lambe as mãos de sua amada, querendo trazê-la de volta à lucidez das coisas práticas. Levantar-se, trocar a roupa de dormir por aquela mais colorida, estender-lhe um bife, um pedaço velho de galinha. É disso que a vida é feita, o bicho parece querer encorajar Dottie, pulando de seu colo para o chão, e voltando para aquele ninho quente e macio onde tantas vezes encontra a carícia pela qual anseia.

## IV

O telefone toca na mesinha de cabeceira. Troy direciona um olhar reto e interrogativo para Dottie, esperando o gesto que interromperá o ruído. A campainha insiste duas, quatro, seis vezes, sem que ela pareça inclinada a atender. O cão começa a rodar, nervoso com a ordem estridente que vem do aparelho. Todas as criaturas, mesmo as de cérebro mais simples, entendem aquele chamado. Se tivesse mãos, ele mesmo, Troy, poderia atender à ligação. Bastava mover aquela pecinha e encostá-la junto à orelha; é isso que ele quer dizer, usando os recursos de que dispõe, ao pular do chão para a cama, repetidas vezes. Dottie, contudo, parece indiferente ao tilintar que se avoluma a cada repetição.

O cão está outra vez diante dos mistérios da sua dona. Ronda pelo quarto, como se farejasse uma ideia. Volta-se, emite um latido, depois outro. Quem sabe o som familiar de seus apelos não produza um efeito mais promissor? Hábil, late apenas entre um sinal sonoro e outro, construindo assim um jogral de latidos e campainha de telefone, que se alguém tivesse a chance de presenciar acharia dramaticamente engraçado.

Finalmente Dottie parece ter-se sensibilizado. Tomado de expectativa, Troy a assiste esticar o braço, levantar o fone e, antes mesmo de levá-lo à orelha, pôr de volta no lugar. Esta última parte o confunde. Ao contrário do que presenciou ao longo dos anos, não ouviu essa voz áspera que conversa com ele falar àquele objeto de plástico, interromper-se às vezes, voltar a dizer coisas, e só então desligar.

Troy não se lembra como sabe o que sabe. Dentro dele, algo decide o que é certo e errado, e ainda prevê o momento seguinte de cada operação, como a de falar ao telefone. Aprendeu tudo ali, nos dias que sucederam a sua chegada, quando era ainda um filhote choroso, recém-separado do calor da mãe, e tão assustado com a solidão que tão logo sentiu o perfume sumarento de Dottie — uma mistura de whisky, pó de arroz, adrenalina tresnoitada, café, jornal molhado, flores murchas, suor, e um véu vaporoso de chipre — abandonou-se sem restrições, abnegadamente, como se aquela mulher fosse o final feliz de sua curta e equivocada história.

Mal sabia, entretanto, que seria ele a capitanear o destino de um amor que crescia ciumento, carente de mimos, perturbado por um desejo de submissão e, em certa medida, desejoso de gestos rudes e maus-tratos; um amor passional, como se ambos possuíssem a mesma natureza e, conhecendo o abandono a que foram condenados, estivessem sempre à beira da ruptura.

É verdade que o fluxo das horas compôs entre eles uma paz de velhos conhecidos que sabem evitar pontos de atrito. A rabugice de Dottie se diluía no coração transbordante do cão, sempre disposto a recomeçar tudo, perdoar pontapés e empurrões, e aproximar-se ante o menor sinal verde, tão generoso e solícito como no primeiro dia de uma grande paixão. Dottie, por sua vez, tolerava a insistência submissa do bicho, sua carência confessa e a energia nervosa destilada pelos dentes estreitos que ele afiava nos móveis e nas almofadas. Era sobretudo isso, a ausência de pudor, que aos poucos os tornara parecidos. Uma dependência mútua, sem freios, mantinha-os de acordo. Tinham um ao outro, e havia felicidade ali; uma felicidade de lar desfeito, quando certos assuntos são intocáveis e certas ausências, nunca supridas.

## V

O vazio do estômago começa a turvar a vontade de Troy. Ele decide esperar, imóvel soldado em serviço. Estica as patas da frente e relaxa a barriga no solo. Fecha os olhos para esquecer a fome e quiçá abreviar o tempo, que a ele parece apenas um castigo. Um bocejo irreprimível escancara-lhe a mandíbula. Os maxilares estalam e abocanham uma boa quantidade de ar, obrigando-o a descansar o queixo logo em seguida. A pose se desfaz em uma coçadela exigida pelo torso, importunado por uma irritação passageira. Depois de passar as unhas, alivia o couro com duas lambidas e dá por finalizada a assepsia. Os ossos pedem para ser esticados outra vez, e Troy obedece, aguçando as orelhas em busca de ruídos atrás da porta. Tudo o interessa. Mesmo no ambiente sem atrativos em que está, um universo invisível de odores e de movimentos rápidos é capaz de distraí-lo durante todo o dia.

Troy recorda o tempo em que havia visitas. Ele gostava especialmente daquela mulher que se anunciava exalando uma mistura de máquina de escrever e gardênia, e que, em uma inspeção mais acurada, revelava camuflada uma essência de água de rio e madeira de barco. A boa Lilly — era assim que Dottie referia-se a ela — mal punha os saltos no recinto e logo torcia o nariz, emitindo sons de repugnância. Ela era um dia de primavera fora da estação. Troy admirava, embasbacado, a diligência com que ela escancarava as janelas, ordenando que todos os aromas do mundo viessem cortejar sua memória olfativa tão pouco treinada.

Enquanto ele se distraía tentando identificar cada nuance do rico material que a cidade exalava, Lilly e Dottie tratavam de resolver o mundo à sua maneira. As duas usavam um tom de voz exaltado para conversar. Lilly abria sacolas, tirava de dentro pacotes de bife e legumes que iam direto para a geladeira. Depois fazia escorrer água e obrigava Dottie a entrar debaixo da chuva fria do banheiro. Do mesmo modo, travava uma luta com o bicho para prendê-lo na coleira. Troy odiava usar a gravata do seu traje de passeio, mas, ainda que sob protestos escandalosos, acabava cedendo. Sabia que os postes o esperavam para desaguar a bexiga e que haveria sempre algum outro igual a ele para cumprimentar.

A pior parte era quando Lilly o deixava em um cubículo infecto onde dois seres repugnantes se metiam a cortar-lhe as unhas. Depois, horror dos horrores, enfiavam-no em uma banheira de água gelada para, em seguida, enovelá-lo de ar quente e escovar-lhe o couro até abrir escaras. No final da operação, Lilly encontrava Troy em lágrimas, trêmulo e humilhado pelo odor de lanolina que seu pelo exalava.

Talvez porque não era submetido a essas sessões embaraçosas de higiene, o cão preferia o estilo de vida que Dottie lhe proporcionava. Contanto que ele urinasse no canto certo, nada perturbava a convivência harmoniosa de dividir o mesmo quarto com a dona. A essa lembrança, Troy se sente alagar de gratidão. Aproxima-se, terno, e massageia o crânio nas pernas daquela mãe benevolente, a reiterar toda a sua estima. O coração quer fugir-lhe pela boca quando, ainda que de forma mecânica e distraída, Troy sente retribuído o seu carinho.

Amolecida pelo álcool, Dottie recobra a noção de que pode suportar o ultrajante mundo mais uma vez. Um ricto eleva a carne flácida dos lábios, que deixam entrever uma fila de dentes em mau estado. Suas pupilas, finalmente ágeis, começam a esquadrinhar cada objeto do quarto, retomando aos poucos a familiaridade com eles, para depois pulsarem solertes diante do cão.

Troy vê aquele rosto querido abrir-se em um sorriso de boas-vindas, enquanto o hálito tresnoitado destila um traquitar doce de consolos e pedidos de perdão. Os ossos no pequeno corpo do animal parecem ligar-se apenas pela cauda, que acena de euforia. Os braços de Dottie se alargam, iniciando um abraço que não é para ninguém a não ser para ele, ele, o escolhido, o adorado, o súdito que teve o olhar da rainha lançado sobre si.

## VI

A reconciliação é feita de beijos, murmúrios e lágrimas. Inquieto, Troy quer demonstrar de uma só vez o afeto contido, lançando olhares de veludo e ganidos saudosos. Dottie, por sua vez, deixa-se lamber pela língua rosada, retribuindo tudo com beijos curtos e repetidos. Dirige-se ao cão como se falasse a um bebê e implora desculpas pela negligência com que o trata, maldizendo-se, mãe perversa, velha senil.

A tarde entrada ao meio faz as paredes confessarem manchas escuras que medram por conta do encanamento antigo. Uma camada de poeira acinzentada se acumula nos móveis sem brilho e sobre as roupas esquecidas no sofá. Há, no meio desse cenário de desilusão, um elemento estranho que pende de um cabide do lado de fora do armário embutido. É uma roupa magnífica, de dia de estreia, escolhida com o dedo apontado para o bom gosto e o luxo. Em tudo lembra as vestes de um mandarim: o corte de linhas retas, a seda indomável de um amarelo que não se decide entre o caramelo e o ouro, e a pedraria caleidoscópica que ofusca o olhar dos admiradores.

Dottie ainda festejava a volta à consciência quando enxergou o vestido. Afasta do colo o bicho que, de orelhas em riste, acompanha a dona gemer de dor e sedentarismo no esforço de levar suas carnes até o chão.

Os pés demoram a sentir o solo firme e achar um caminho. O coração espanca o peito, ameaçando romper as veias, num aviso que se reedita há meses. Em pé, Dottie leva as mãos à cintura e deixa que as coisas que dançam soltas no espaço retomem seus lugares. Dá-se um tempo, ao modo de quem entra em um ambiente de luzes piscantes e se detém para costumar os olhos às pistas falsas do brilho.

A cada passo hesitante da dona, Troy se antecipa, corrigindo a direção, atraindo-a com latidos alegres para o rumo certo, como se nele estivesse codificada também a vocação dos ovelheiros.

— Veja, Troy, já tenho o vestido para ir a Paris. A fada dos dentes deve tê-lo deixado aqui.

Dottie mal se recorda de tê-lo usado dias antes, na festa em sua homenagem.

— Ajude-me a vesti-lo, os garotos estão esperando.

Despe a camisola e puxa a roupa nova do cabide. Não é capaz de decidir se deve vesti-la pela cabeça ou pelos pés.

— Um zíper nas costas e nenhum homem tentando mantê-lo aberto. Mais crítico que isso? O reumatismo, que impede de fechá-lo eu mesma.

Entre buracos errados e indelicadezas com as costuras, Dottie consegue fazer emergir a cabeça no decote, ajustando a saia e o busto bem talhado no corpo. Uma massa de pano se avoluma, formando uma nuvem no piso. Longo, muito longo. É preciso suspender a saia, como Dorothy pulando a lama do chiqueiro antes de chegar ao mundo de Oz.

A aprovação de Troy vem em seguida. Estilista zeloso, ele gira em torno de sua dona, observando cada ângulo do vestido. Seus latidos seguem a cadência do aplauso e parecem dizer "isso mesmo". O rabo curto rodopia, como se fosse alçar voo.

A roupa opera um milagre. Dottie se sente responsável feito uma criança em dia de festa. Desliza os dedos pelos cabelos desgrenhados e sai à procura de um espelho. Caminha com cuidado, suspendendo o tecido para evitar tropeços e rasgões. No banheiro, contorna as poças de urina no ladrilho e xinga Troy, que parece deseducar-se dia a dia. Sem ater-se aos detalhes infelizes da idade que lhe singram o rosto, Dottie confia na neblina cúmplice da presbiopia. Espalha rodelas de blush e sublinha os lábios de vermelho, sem dar importância ao acabamento fatal de toda maquiagem.

Com as patas traseiras no vaso e as dianteiras na borda da pia, o cão sorve o buquê da cosmética que impregna o ar, formando um jardim de misturas químicas. Sabe que a combinação de roupas e de cheiros prenuncia a saída de sua dona, e fica melancólico porque será abandonado em seguida.

Dottie descobre que um pente é pouco para desembaraçar a cabeleira. Impaciente e sem forças para brigar com os fios rebeldes, resolve assumir o desmantelo.

— Sempre agradei mais pelo recheio que pela cobertura — segreda para Troy, abandonando o chicote de domadora.

O cão, que começava a resignar-se, combalido pela fome e pela certeza de ser esquecido, sente um olor pútrido que sai da geladeira. Dottie, lúcida como nos melhores tempos, revira maços murchos de salada e encontra um naco de presunto meio passado, que parece ainda apetitoso quando alçado pelos dentes de Troy.

Enquanto o bicho estraçalha a carne, Dottie desentoca outra garrafa de seu fundo de emergência.

Troy mal tem tempo de respirar. Seu ritmo de comer é o dos famintos: sôfrego e descontrolado, como se findo certo prazo o alimento pudesse ser recolhido. Dottie se compraz, erguendo um brinde ao apetite do amigo. Tal um par enamorado, mulher e cão riem, satisfeitos com o prazer um do outro. Depois voltam o nariz para as respectivas proteínas em que se regalam.

## VII

Orgulhosa de portar um traje tão elegante, Dottie se instala na poltrona em frente à televisão. Acomoda o vestido com a desenvoltura e o coquetismo de uma dama acostumada a entender-se com os mais nobres tecidos. Depois, liga o aparelho. Uma luz azul toma conta da sala. Vozes joviais saem da tela, pontuando o ambiente de frases otimistas e sedutoras, como se conversassem em uma festa. A propaganda de sabão em pó anuncia o começo de seu programa favorito, e Dottie estala a língua de satisfação, sorvendo mais um gole do copo sem gelo.

O cão termina seu repasto, vencendo com boa margem um concurso do qual só ele participava. Após limpar o último vestígio de carne no piso, é tomado de uma fatiga nas pálpebras e nos ossos. Ele se move de modo lento e tonto, como se também tivesse bebido. Com as últimas forças que lhe sobram, pula no colo de sua dona, onde pode entregar-se inteiro à quietude e ao recolhimento de após uma boa refeição.

Ao contrário do cão, Dottie sente o corpo injetar-se de potência. Está ansiosa como na véspera de uma partida.

— Veja, Troy, como choram!

A veemência de Dottie atiça a curiosidade de Troy. Pelo canto dos olhos, ele reconhece a imagem de Jessie. Alguma coisa ruim está acontecendo. A atriz, séria, segura a mão do marido em uma cama. Um murmúrio sai da boca do homem, e sua cabeça tomba de lado. A boca de Jessie treme e lágrimas começam a escorrer pelo rosto.

— Queria que Ernest visse isso! — exclama Dottie.
— Ele ia usar melhor aquela espingarda.

Troy vê o pulso costurado de sua dona levar mais um bocado do líquido para os lábios. Uma cortina de álcool banha-o gentilmente durante o caminho. O colo macio onde o cão está enrodilhado insufla e se retrai com a regularidade de um balanço. Tudo é tão confortável que Troy abandona-se aos sonhos. De repente, percebe o chão falhar. Um acesso violento o atira daqui para lá. Ele, que se achava a bordo de uma nuvem, sente o chacoalhar de um barco à deriva. Salta em um átimo para o carpete sólido e tenta entender o que acontece. Vê Dottie movimentar-se de um jeito todo esquisito, encolhendo pernas e braços, como se sufocasse. Decerto se engasgara, trocando a entrada de ar pela dos alimentos, igual a ele, quando se atrapalha com os ossos de galinha.

Os acessos de tosse se repetem, nervosos, e Troy espera, atento, que volte a calmaria. Suas orelhas, já inquietas, tentam captar com mais precisão os gestos e ruídos da dona. Dottie leva as mãos ao peito. Estará preocupada com o líquido que lhe cai da boca, molhando o vestido novo com que vai para Paris?

Confuso e já amedrontado com aquele brandir de braços que escavam o ar, Troy indaga, aos latidos, o que fazer. Dottie tenta se levantar. O copo cai de sua mão. Cacos espalham-se pelo piso. Dottie senta-se outra vez e relaxa. Olha para o cão e deixa a cabeça pender, lentamente.

Tudo parece voltar à paz. Troy espera. As vozes joviais povoam a tela com a alegria de uma comemoração. De olhos fechados, Dottie parece aborrecida com a festa. Troy também sente voltar-lhe a sonolência. Deita-se no colo de onde saíra, mas não sente mais o ir e vir que o ninava até o sono. A televisão é o único ponto que se mexe na penumbra do quarto. Troy nunca entenderá a devassidão da luz, nem as coisas que se movimentam de modo autônomo, sem materialidade para serem apalpadas. No ser que mais ama, há um quietismo de casa vazia, um cheiro novo que sai de seus poros e encobre os outros aromas. Troy nunca vira a morte de perto. Não sabe, ainda, que é um cão sem dono.

# Ana C.

### I

Desta vez foi necessária uma ambulância para me tirar de casa. Eu estava tão fraco que não podia contar sequer com as minhas pernas. A noite havia sido difícil, a pior até agora, embora eu já estivesse acostumado aos interregnos turbulentos em que o meu sono havia se transformado. Eram pequenas nebulosas no estado de vigília e não duravam mais de quinze minutos, tempo suficiente, contudo, para inquietar-me com as imagens pavorosas que apareciam em pesadelos.

A lâmpada de cabeceira permanecera acesa, e entre os acessos de tosse eu podia retomar a leitura de Alice no País das Maravilhas, usando a lente de aumento que ficava em meu colo, em cima do livro aberto. Era uma edição ilustrada por John Tenniel, e eu me demorava apreciando as cenas que o artista escolhera para representar em suas litografias. Alice parecia alta demais, loura demais. O ar malévolo de suas expressões brigava com a Alice que eu conservava em minha imaginação desde a infância e que, anos depois, tinha visto materializar-se na face de Audrey Hepburn.

A febre estacionara nos 39,7° e o conta-gotas de morfina parecia lento demais para a voracidade das dores que atacavam por todos os flancos. Era a minha terceira pneumonia naquele verão. Os pulmões, muito exigidos, já não davam conta de completar sozinhos a sua função. Anita, a enfermeira que me vigiava no horário noturno, parecia mais preocupada do que o habitual. Tagarelava pouco e media a minha pulsação a todo instante. Cochilou apenas naquela hora fronteiriça entre noite fechada e dia que rompe. Desperta, olhou para o relógio e veio diretamente até mim. Seus dedos gordinhos esperavam por um batimento tranquilo, não um coração aos pinotes em um corpo imóvel havia meses. Anita disse que não estávamos indo muito bem. Usa o plural quando quer fazer-me acreditar que formamos um time, ideia tirada dos filmes americanos que passam de madrugada na tevê. Eu sorrio e penso em dizer que sim, somos uma equipe em meio a uma gincana de tarefas imprevisíveis, todas fatais. Mas não digo. Nos olhos de Anita, consigo medir a gravidade do meu próprio sofrimento.

E antes que ela tivesse de dizê-lo, pedi que fôssemos para o hospital.

Homens fortes encaixam a maca nos trilhos e sou deslizado para dentro daquela grande barriga, em uma espécie de nascimento ao contrário. Quero voltar ao útero de minha mãe, ouço Ginsberg uivar. O aro de tartaruga de seus óculos desaparece detrás da cortina de uniformes que se fecha sobre mim. Tento erguer-me da maca para pedir a ele que me acompanhe, que cante o meu kadish, porém os enfermeiros me impedem, afivelando-me a um cinto de segurança tão longo que daria para abraçar duas vezes o meu corpo. Esse mesmo corpo que outrora — e aqui a palavra nunca me pareceu tão justa — bronzeou-se nas areias brancas de Ipanema, dançou até o amanhecer e abraçou todos os homens que o quiseram, embora nem todos os que quis. Um corpo que hoje é um conjunto de pele murcha e furada de agulhas, incapaz de qualquer rebeldia, e cuja única função é adiantar o trabalho do primeiro verme que há de me roer. Agora o monóculo é de Machado e, assim, parece que vou em boa companhia.

Antes que as portas da ambulância se fechem, levanto com pesar as pálpebras para o céu azul de fevereiro. A luz intimida e cega o pouco que ainda enxergo. A mim só resta imaginar o flamboaiã em flores alaranjadas sob o sol e o muro caiado a guardar a frieza necessária para enfrentar um dia de verão. Zelda não está por ali. Gatos nunca se despedem. Poupam-nos de nossas próprias pieguices e, solenes, nos ensinam a também fingir dignidade.

Estou ansioso por partir. Há algum tempo comecei a me desligar da casa em que nasci. Talvez longe dela e de suas histórias eu possa dormir um pouco sem que cada xícara de chá, cada quadro na parede, cada livro na estante me torture a memória. Esquecer é a grande dádiva com que não fomos premiados.

Tudo será branco de agora em diante. O aventais, os lençóis, o interior da ambulância. Menos os braços de Anita, que aponta o polegar para cima enquanto abre um sorriso para me trazer confiança. Junto a ela está uma pequena valise com remédios e algum pijama, decerto. São tantos os suores que preciso ser mudado repetidas vezes. As mãos hábeis de Anita me despem, me banham e me vestem. Volto a ser um menino incapaz de administrar a si mesmo. E estou leve como os meninos magros que se negam a comer, teimosia que Anita tantas vezes consegue domar com a perícia de uma sedutora nata. Ela lembrou-se de trazer o livro que eu estava lendo e sinto uma gratidão beatífica se infiltrar em meus ossos: Anita ainda pensa em mim como alguém que está vivo e que merece ser mimado até o final.

Os pneus arrancam e a sirena começa a ulular. Tantas vezes vi essa cena da calçada, acompanhando o balé solidário dos carros que, a despeito da pressa de chegar, diminuem a marcha, trocam de pista e abrem espaço. Em meio ao caos urbano, um silêncio de tribo: o pesar por um dos seus que se vai. Do lado de dentro, curiosamente, a dramaticidade não é a mesma. A enfermaria ambulante segue sendo uma enfermaria, apenas um pouco mais sacolejante e ruidosa. Os paramédicos parecem não se importar com o fato de estarem em movimento. Fazem perguntas a Anita, falam em um rádio e conferem os conta-gotas dos líquidos que atravessam canudos até chegar às agulhas cravadas no dorso de minha mão.

Anita se encolhe em um canto. Entre os seios abraça forte Alice. Está concentrada, e seus olhos começam a ver alguma coisa além do que a profissão lhe ensinou. A rainha de copas está furiosa, Anita, digo mentalmente, tentando de algum modo confortá-la, e também para não pensar tanto em mim mesmo. Quero chegar o mais depressa possível ao estado inconsciente que me aguarda.

Por que rua estaremos passando agora? Se eu pudesse, escolheria o itinerário do meu último passeio, com as árvores, as calçadas e os letreiros de todas as cidades que amei. Uma improvável esquina entre as palmeiras da avenida Getúlio Vargas e o Boulevard

Raspail até Saint-Germain des Près. O passeio pela Castellana, esticando o pescoço para os arranha-céus da Broadway. Depois os tijolos vermelhos de Portobello Road, as nove curvas da Cândido Mendes e a descida impiedosa até Montego Bay, continuando pela Consolação. Agora Corrientes de madrugada e o atalho florido que leva àquela praça minúscula do centro de Praga, onde as crianças ainda jogam amarelinha. Um mapa que ficará para sempre incompleto, deixando saudade das ruas por que nunca passei. Aperte a minha mão, querido poeta, me dê coragem e me dê humor.

Pronto, chegamos. O hospital tem os mesmos ruídos de uma escola em hora de recreio. Vozes se aproximam, deixam fiapos de fala e se afastam. As rodas da cama em que me jogaram deslizam, fazem voltas rápidas e finalmente param.

É tarde, muito tarde. Estarei delirando ou um coelho branco passa correndo sobre a minha barriga?

Já não consigo conservar os olhos abertos. Foram tantos os sedativos que algum deve estar fazendo efeito. Vislumbro apenas um pedaço da saia de Alice, que corre para dentro, estabanada, assim que as portas se abrem.

Um pequeno degrau e agora me empurram para um novo ambiente. As pessoas se aglomeram em torno de mim. Crescem até tocar o teto. Uma acústica abafada permite que suas palavras fiquem mais claras.

Sétimo, ouço uma voz dizer, e sinto a leve vibração de um motor que se põe em movimento.

Ao velho sétimo andar. A antessala do inferno, cabala das despedidas. Pisei lá pela primeira vez há três anos, seguindo esse mesmo trajeto, só que com uma irritante esperança de cura. Depois, foi a raiva, um ódio ingênuo, puro, a me insuflar de forças misteriosas que me fazem dar murros nas paredes, maldizer a medicina e os médicos que, em uma embaraçosa falta de explicação, me punham nas mãos de Deus. Pouco a pouco fui compreendendo que estava sozinho, e que a verdade sobre a existência ou não das mãos de Deus não iria adiar o prognóstico que me fora reservado. Quando não me restavam mais armas ou argumentos, resignei-me a viver um dia de cada vez. Ficar íntimo das sombras foi o meu último aprendizado.

## II

Mais uma vez estou aqui, a medir forças com o infinito desdém da eternidade, armado apenas da razão, que só existe no tempo. E meu tempo não é muito.

A luz fraca do elevador me permite abrir os olhos. Procuro entre os ocupantes o rosto de Anita, mas da posição em que estou só consigo enxergar um varal de roupas brancas. O menor movimento de minhas pálpebras desperta o interesse de um dos homens, que crava um facho de luz em meus olhos dizendo que já vamos chegar. Não tenho pressa, quero responder. A falsa estabilidade das coisas em movimento gratifica o meu estado de ânimo. Deixem-me aproveitar essa viagem, peço, permitam-me um pequeno luxo antes da devassa que farão em meu corpo.

Há uma pausa não planejada entre um andar e outro. A ascensorista pede desculpas e fecha a porta com rispidez. Faz um comentário atribuindo a falha à má tecnologia. Alguns concordam, outros subitamente se indignam. Gosto de participar desses incidentes fortuitos. O drama da ascensorista diante da parada involuntária do elevador é o mesmo vivido por Ulisses em seu infinito retorno. Em todos, a mesma jornada de perplexidade e de redenção.

O elevador põe-se novamente em marcha. A descontração de antes permanece e, por um momento, todos se distraem de mim. Pulam de um assunto a outro, que minha mente demorada não consegue acompanhar.

Um roçar suave percorre a minha mão esquerda, como se alguém a acariciasse. Penso em Anita, de quem não ouço a voz, porém imagino próxima, vigilante. Meus dedos tentam responder ao afago e entrelaçam, surpreendentemente, não a carne macia de Anita, mas longos dedos de gelo.

Debaixo do lençol, os meus ossos reagem. Estremeço. A mão gelada acolhe a minha hesitação e não insiste. Quando se desentrelaça, sou tomado por uma sensação de queda livre. O elevador despenca, veloz, sem que eu possa me deter para contemplar as imagens presas às paredes. A velocidade causa-me náuseas. Um apito soa distante, repete sem alegria um bip de máquina. Quero seguir esse ruído, anseio por seu ritmo, como se dele dependesse uma coisa essencial, simples, mas que não consigo alcançar.

Alvoroço. Alguém se joga sobre mim e ajusta a máscara de oxigênio. Basta esse gesto para deter a vertigem que me atraía. Sinto-me outra vez estendido na maca, seguro, embora tenha perdido a noção de força gravitacional. Uma agradável flutuação impede que eu sinta a rigidez das coisas por inteiro. Pinças, cânulas, agulhas: tudo deixou de ser duro ou hostil, como se a concretude perdesse de repente a importância.

A mão segura o meu ombro, agora. Seu contato frio já não produz nenhum desequilíbrio, embora eu ainda me sinta feito um barco que aderna, embriagado. Espio pela fresta da pálpebra esquerda e vejo umas lentes escuras, levemente convexas, a investigar se por acaso ainda respiro. Não são os óculos de Ginsberg desta vez. Há um estilo brincalhão por trás do vidro escuro, um jogo de esconde-esconde, de amigo oculto, sob aquela armação quase grande demais para um rosto que, aos poucos, vou reconhecendo, cheio de dúvidas, ainda, e com temores de errar, mas cada vez mais seguro de estar diante do olhar eternamente encoberto de Ana C.

Estamos a sós.

Anita, a equipe médica, a ascensorista, todos se foram, deixando que o espaço se agigante ao redor. Na verdade, este não é o mesmo elevador de antes. Uma luz âmbar atravessa o espaço, lambendo as paredes, os lençóis e a pele de Ana C. Ela passeia devagar, demorando-se para apreciar cada um dos aparelhos ligados ao meu corpo. De quando em quando, volta para mim seu meio sorriso, segura de ter sob controle a irrealidade dessa visão.

Quero falar, ensaio algumas frases que ficam grudadas no céu da boca. Há tanto a ser dito e estou encarcerado em minha própria língua. Ana se aproxima, debruça-se sobre a maca e encosta o ouvido em minha testa.

Abandone o navio das palavras, ouço-a dizer com aquela voz levemente embargada, respirando entre as sílabas, fazendo poesia a cada frase. Ana C. está idêntica à primeira vez que nos vimos. O cabelo emoldura um rosto de proporções exatas, quase perfeito em sua simetria. O ângulo suave formado pelos maxilares arremata um queixo tranquilo, levemente dividido, convidativo como uma fruta. Procuro a fila de cílios descoloridos no olho esquerdo, que dotava de um enigma suplementar as íris afortunadamente azuis em seu perpétuo desacerto com a luz tropical.

Ficamos assim, de mãos dadas, contentes com o reencontro. É uma alegria de ácido lisérgico, extasiada, dessas que reorganizam o caos. Tomo um gole de ar e respiro sem dor, como se aquele aparato de me manter vivo não estivesse mais ali, censurando minha partida.

Ana C. desliza o indicador sobre os canudos que entram em minhas narinas e pergunta o que houve comigo.

Um vírus, digo, usando uma síntese para indicar a doença que me mata. A explicação, que se pretendia inteira, está longe de ser compreendida por Ana C. Em sua pressa de concluir todos os assuntos, ela obteve algumas vantagens sobre o tempo, em especial, a de não ter conhecido a peste.

Quando um telefonema me avisou que Ana C. havia se atirado do sétimo andar, tive a sensação de que aquela notícia já era antiga. No entanto, acabara de acontecer. Uma vez mais o tempo adiantava-se ao espaço, bagunçando a ordem prática que se espera do universo. A verdade é que Ana quisera tantas vezes o suicídio que eu já me acostumara à ideia. A insistência era tamanha que o ato, nela, não estava cercado do pudor que se supõe nos suicidas. Tudo sempre fora tratado com um descaso corajoso, desmistificador — o modo Ana C.

Ela ri da divagação que faço. Ainda está acostumado a pensar como os vivos, apieda-se.

Pergunto se, então, estou morto.

Quem sabe? ela diz, enquanto desenha no ar um ponto de interrogação, segurando a invisível caneta com que preenchia de diálogos e ideias um caderno também imaginário. Só agora reparo que ela continua com seus mesmos trinta anos enquanto já cruzei a casa dos cinquenta. É com um velho, portanto, que Ana C. conversa, embora não demonstre a estranheza que eu mesmo contemplo no rosto manchado quando faço a barba no espelho.

A luz se apaga e se acende repetidas vezes. Nova aglomeração. Um homem se atira sobre o meu peito e conta de 1 a 3. Um golpe súbito me faz saltar da maca e tudo começa a girar. Reconheço alguns rostos, são os mesmos que embarcaram comigo na ambulância. Estão agitados, falam alto, dizem coisas que não compreendo. A confusão me deixa cansado. Quero voltar ao lugar de antes, à sua luz âmbar e sua ausência de dor.

Por entre os aventais, procuro Ana C. e já não a encontro. Chamo por ela, que logo responde, acariciando-me com sua mão de gelo. Uma vertigem rápida e estamos juntos de novo. Não há, contudo, a quietude de antes. Os paramédicos permanecem no elevador, concentrados em seus afazeres. Não os ouço nem eles nos ouvem: uma televisão ligada sem som.

Ana C. avisa que estão tentando me levar de volta e pergunta se quero ir. Não agora, me ouço responder. Então venha, ela diz, tomando-me a mão. Em um instante estamos nas pedras do Arpoador. É dia. No mar, os surfistas cavalgam as mesmas ondas, e estas, por sua vez, nunca desistem de tomar uma fatia de território. Céu e oceano perdem-se em azuis de todas as profundidades. Os banhistas rendem um culto pagão ao sol. Uma paisagem que nunca cansarei de contemplar. Ana C. assente, confirmando que acabo de experimentar o primeiro sabor da eternidade. Um gato se aproxima e ela o toma nos braços. Explica-me que se o tempo não existe, tampouco há conflito de espaço, e que os bichos já sabem, por isso são os únicos a nos ver ali. Espio ao redor e testo minha invisibilidade abraçando um menino sem sentir o volume do seu corpo. Meus braços o atravessam e encontram o nada. Na eternidade não há peso, nem leveza, Ana C. me educa, acariciando o gato. Os dois se fitam com amorosa cumplicidade.

A dor volta a fustigar-me o peito. Desfaleço em meio ao breu que abocanha as cores da paisagem e sinto-me escorregar pelo poço do desamparo. Quando abro novamente os olhos, estou de volta à minha maca. A pressão extrema sobre o meu esôfago se alivia e o meu coração já bate sozinho, para alegria do homem que o esmurrou. Ele fala macio, garante-me que está tudo bem e que logo estaremos no CTI. Seu olhar traça uma linha que vai do meu rosto ao marcador de andares, e volta a mim, para se deter mais demoradamente. Há nele a angústia de acelerar com as próprias mãos a velocidade com que o elevador se move. Estamos agora lado a lado com Sísifo, braço a braço com o terror da impotência, enquanto abandonamos, tacitamente, nossas posições. Enfermeiro e enfermo, encontramo-nos do mesmo lado dessa batalha desigual e repetidamente perdida. No entanto, há beleza aqui, e sinto-me impelido a sobreviver apenas por gratidão e solidariedade.

É tarde, muito tarde. Novamente o coelho se move entre os aventais brancos e suas palavras pernósticas soam a um epitáfio. Vejo-o pular nos braços escuros de Anita, que não abandona o seu posto. Vigia cada passo de minha trajetória, como se sua mera presença me obrigasse a continuar em frente.

Um segundo de distração e já é Ana C. e seu gato no lugar de Anita. Há em Ana C. a mesma devoção com que Anita espera, mas uma tranquilidade a distingue, uma certeza que sempre esteve com ela e por meio da qual nos decifrava.

Sétimo andar. É aqui que tudo termina, Ana C. me diz.

Não há retorno. No entanto, todos têm pressa de tirar-me do elevador.

Quando as portas se abrem, os aparelhos que me monitoram apitam todos ao mesmo tempo. O enfermeiro arranca a máscara de oxigênio e cola a sua boca na minha. Penso que sempre desejei acabar-me em uma briga. Uma briga de faca, que nunca aprendi a manejar. Resigno-me com um beijo, expressão mais exata para a minha biografia, e me retiro ao lado de Ana C. para assistir à corrida que levará o meu corpo por um corredor que nunca termina.

# Minet-Chéri

I

O canto agudo de uma cigarra perfura o chapéu de calor que agosto deita sobre a cidade. O fôlego comprido do inseto, sua retórica hipnotizante, espichada, faz lembrar um bispo em praça pública anunciando o fim dos dias. É a única voz a clamar no deserto das três da tarde. Súbito, o vozerio de outras cigarras irrompe. O coro manhoso suplica, vaia, provoca, até cessar de repente, como se mademoiselle Sergent aparecesse com o cenho franzido exigindo silêncio em sala de aula.

"É de ferver os miolos!", diria Anaïs, o olhar vigilante, o gesto furtivo, as bochechas enchendo-se do refresco feito de vinagre e açúcar na garrafa verde escondida sob a classe. Depois a mão que limpa a boca e a língua que estala, lobo saciado no sangue da caça. Sinto outra vez o choque da bebida contra os dentes, o travo frisante e azedo da mistura que nos fazia revirar os olhos e bater os pés em uma espécie de alegre convulsão.

Abrigada na sombra possível do horário, tento habituar meus ossos ao espartilho da cadeira. Sobre os joelhos, o caderno aberto serve apenas para confundir um besouro à procura de lírios. Impossível escrever ou bordar em um dia como este! Os dedos, engomados de suor, recusam-se a obedecer às ordens da caneta. Não é hora de criar. No verão, tudo está pronto, até as formigas sabem. Os sentidos se desgovernam, distraídos, atrás de aromas maduros, frutos sumarentos. As escolas estão fechadas e os turistas vadiam por toda parte. É hora de se abandonar os grandes concertos e ouvir o zumbido da cigarra, bardo misterioso, capaz de transportar em sua nota única, metalizada, a memória de todos os verões.

Um muro alto se ergue à minha frente. Sobe, sobe, até espatifar-se na faiança do céu. Estende-se também para os lados e encontra outras paredes, fechando um quadrilátero de edifícios pontuado de janelinhas. Ombros curvos, uniforme geminado, filas obedientes: em tudo, as janelas lembram internas de colégio. Aquela se enchapelou de toldo laranja. Essa deixa espaventar um véu de musselina, e a outra plantou flores na bancada, defendendo com fúria uns restos de individualidade. Uma, duas, três, seis, a sétima, a contar da esquerda, no primeiro andar. É onde Colette mora. Ali, na altura do copado das árvores que se oferecem para ser acariciadas enquanto os olhos da escritora conferem as mudanças que a tarde executou no jardim.

Hoje, contudo, ela ainda não apareceu. Na quietude sonolenta que se apossa dessa cidade fechada, há um peso de perplexidade. De vez em quando um pombo pousa no balcão que assoma a vidraça. A cabeça do pássaro se move, irrequieta, tentando descobrir o que acontece do lado de dentro. Depois de algum tempo, desiste. Voa e junta-se ao seu bando para bicar o milho que uma velha senhora não se cansa de atirar à calçada.

São quatro horas e as plantas exalam os últimos suspiros de clorofila. Espécies mais frágeis deixam-se apoiar nos ombros ainda fortes das companheiras. Distraio-me cedendo um gole de água à gérbera sem viço que treme sobre o caule. Ao voltar a atenção para a janela, um raio de luz fustiga-me os olhos. O incômodo me obriga a piscar muitas vezes. Não fosse o lugar, pensaria logo na peste da Anaïs refletindo o sol no bulbo de seu relógio em um ângulo sobre mim.

Uma silhueta pequena e robusta escancara os vidros semiabertos do primeiro piso. Reconto as janelas: duas, quatro, seis, o feno da cabeleira suprime todas as dúvidas. Pálida como uma máscara kabuki, o lenço de seda desabrochando sobre a camisa, Colette avança tateante, buscando o peitoril em que apoiar os cotovelos.

Tudo ao redor parece acordar. Uma brisa entra pela rue de Valois, alvoroçando o penteado das árvores velhas e sacudindo os ramos ainda brotos. As páginas de meu diário vão sendo viradas por dedos invisíveis, e o bleu-blanc-rouge de uma bandeira volta a dançar no telhado. Do centro de sua pequena ostra, cariátide devolvida ao nicho, Colette observa a paisagem se pôr em movimento.

Em cada gesto, a luta contra a artrite se revela perdida. Os olhos, contudo, lançam-se livres como crianças correndo a céu aberto. Passeiam em círculos, acompanham o farfalhar das plantas. Depois, fazem uma demorada inspeção sobre o exército de olmos que se perfila, e só então pousam sobre mim, nota dissonante no reino vegetal.

No primeiro instante, Colette recua. Leva a mão ao peito, desconfiada. A boca perde o prumo, os olhos arregalam-se como ante um fantasma. Mais serena, observa, então, de modo estudado. A cabeça se inclina, avaliativa. As pálpebras semicerram-se para acentuar a nitidez dos contornos, os cabelos se arrepiam, tornando-se receptivos como antenas de rádio. Aproximo-me para que ela possa reconhecer o queixo pontudo, os lábios curtos e exangues, o cacheado castanho que escorre até os meus ombros. Sim, ela assente, sorrindo, o fantasma é sem dúvida um velho conhecido.

Uma faísca trinca o céu, onde inimigos começam a se golpear com espadas. Tropas de nuvens se aproximam ligeiras. Trazem no peito a vitória certeira da tempestade. A um rufar mais forte, a tarde de agosto começa a desaguar. Os primeiros pingos caem vigorosos, extraindo de cada grão de terra bolhas invisíveis de ozônio.

Venha, leio nos lábios de Colette. Um halo prateado paira sobre sua cabeça. Faço um gesto afirmativo e corro rumo às galerias cintilantes que separam o criador de sua criatura.

## II

O tapete bordô absorve a pancada de minhas sandálias. Algodoa os degraus como se um doente dos nervos morasse nas imediações. Na escada, o movimento helicoidal me devolve ao lugar de onde saí, fazendo acreditar que ao chegar ao topo encontrarei a mim mesma, de braços cruzados, à minha espera.

Os tentáculos do corredor perdem-se no escuro. Avanço até uma das extremidades e me detenho diante da sétima porta. Arranho docemente e aproximo a orelha da madeira maciça. Não ouço vozes e, ao que parece, ninguém percebe que estou ali. Antes de me anunciar outra vez, conto os segundos usando o método silábico ensinado por Aimée. *E-ga-li-té-un, fra-ter-ni-té-deux, li-ber-té-trois*, e assim sucessivamente, até chegar a trinta. Só então deixo os nós dos dedos se chocarem duas vezes contra a superfície surda do portal. Espero, soletro de novo as divisas desse país feito de polidez, mas também de revoluções, e agarro o metal frio da maçaneta, que cede obedientemente à minha decisão.

Um cheiro da cânfora flutua na peça única, espaçosa como gaveta de escrivaninha; mistura-se à fragrância do tinteiro que alguém esqueceu aberto e às notas indecifráveis de flores — rosas, sobretudo rosas — que o crepúsculo não me deixa ver.

As grandes formas revelam-se mais facilmente. Na metade norte da sala está o divã de almofadas gordas em que Colette repousa. É o móvel mais importante. Todas as outras peças do mobiliário se reportam a ele, transformando-se em auxiliares dedicados. No aparador estão os envelopes de correspondência, os bombons suíços, o termômetro e um aparelho de rádio americano. A mesa de trabalho, agora afastada, acopla-se à nave-mãe tal qual um bote salva-vidas. Nela, um peso de vidro maciço repousa sobre folhas azuis. Ao lado, um buquê de lápis coloridos fenece.

Colette não está só. Junto à janela, Bel-Gazou tira forças de um cigarro. Acende o isqueiro infinitas vezes, fazendo a chama arder, apagar e reviver a um simples movimento do polegar. Ela pode rever a infância nos porta-retratos que estão por todo o lado. Nas fotografias, e apenas nelas, terá tido uma mãe entregue à intimidade das carícias, o enredo palpitante, legitimador, das mãos adultas enlaçando os dedos indomáveis da filha. Pauline se aproxima. Traz da cozinha uma jarra embaçada por cubos de gelo que boiam sobre o líquido esquálido de uma limonada. Serve um copo para Bel-Gazou e outro para si. Senta-se e repassa as tarefas que terá pela frente. A administração do remédio, uma esfregada de água de colônia para refrescar Colette do abafado do dia. Por enquanto, é preciso lealdade a cada minuto, mesmo que a única função do tempo, agora, seja a do adiamento. A postura estoica de Pauline embeleza a hora com retidão. Sem serem comandados, seus olhos saltam pela janela e vão estacionar no ponto fixo em que também repousam as íris de Bel-Gazou: a árvore triste e porosa da terceira fila, que não estará ali para vigiar os primeiros passos do outono.

Em uma poltrona, perto da cabeceira do sofá, Maurice parece vencido pelas ilustrações do fólio que descansa sobre seu peito. Aquela presença macia deixa dúvidas se debaixo das pálpebras de cetim há sonhos em torvelinho, ou se, felino de longa data, estará se guardando em um descanso vigilante, concentrado, até que o solicitem. Ainda há pouco distraía Colette com a anatomia vegetal das aquarelas de um botânico voyeur. Veja!, maravilhava-se ela, apontando infantilmente o dedo para o perfil de uma sépala branca cercada de estames.

Todos permanecem indiferentes à minha entrada. Exceto Colette. "É você?", indaga, estendendo a mão para que eu me aproxime. "Você mesma, você", ouço-a repetir, agora afirmativamente, enquanto me ajoelho no tapete junto ao divã, cuidando para não esbarrar em Maurice.

Colette toca meus braços, o vestido, o queixo, colhendo provas materiais de minha existência. Espere, digo, tirando do bolso um punhado de castanhas fora da estação. Ofereço, e Colette as apanha. Emite um sopro de espanto, rola as cascas entre as mãos, depois as aproxima do nariz. "Cozidas!", surpreende-se, recordando as cinzas na lareira que noite após noite assavam o coração lenhoso dos frutos, a resina e o monóxido misturados no ar, a polpa ainda quente nos bolsos, consolando as mãos gélidas de catar a lenha pela manhã. "Por que está aqui?", o fio de voz, incrédulo ainda, quer saber.

Antes de eu responder, Maurice se volta. Afasto-me, incerta por um segundo de minha invisibilidade.

Ele ajeita o travesseiro e aproxima a orelha do rosto que repousa em um sono distante, comatoso. Pauline e Bel-Gazou se unem a Maurice. Tentam decifrar as frases de Colette, ansiosos por uma última palavra, pelo pequeno milagre de ouvir o ronronar da Borgonha demorando-se nos erres de sua fala. Depois retomam seus lugares e entregam-se a pensamentos vadios, pousados no teto da espera.

Um gesto e me aproximo outra vez. "Por que veio?", ela insiste. Mostro-lhe então as nove bolas de gude guardadas em minha sacola e a convido para uma partida. Ela ri, pega uma das bolinhas e demora-se a admirar a vírgula cor de mostarda presa na esfera, a trajetória rebelde do vidro submetido a altas temperaturas.

Dá medo partir? Quero saber, e pergunto com a curiosidade — ou o medo — de quem está diante de Deus. Colette me lança o olhar piedoso que lança um pico de montanha sobre um vale, apequenando-o entre véus de neblina. "Não! Não há nada a temer. E nada a ser respeitado", ela responde, confiante. "A morte não passa de um obstáculo infeliz."

Imagino a sensação de acordar e saber que este poderia ser o meu último dia. Que pressa, que vontade me tomariam? O que seria mais doloroso perder? Haveria apenas a dor da separação ou também uma sensação de alívio?

Pergunto então se ela descobriu finalmente quais são as coisas importantes, aquelas pelas quais devemos nos bater em vida. Colette sorri. "O importante é que tudo tem permanecido e permanecerá, fresco como da primeira vez, sem depender dos meus olhos, dos olhos de Sido ou de Jouvenel; sem depender dos olhos de ninguém." E quanto a você? pergunto, cheia de ansiedade. Você não estará mais aqui, nunca mais, nunca mais, insisto, querendo sacudir a mansidão de minha criadora, que se despede como se aceitasse de bom grado estar partindo. Os olhos de Colette se agigantam, repetindo um jeito todo seu de se emocionar. "Mas você ficará, querida, você ficará."

Sinto inveja, por um segundo, de não ser mortal e experimentar o gozo das coisas condenadas. Antever em tudo um fim e ainda assim desperdiçar; desdenhar cada segundo com uma autoridade que só nos deuses se justificaria. Em meu destino não há riscos. Fui criada para durar, viver um tempo que não finda. Esse é o mal de que padecem as criaturas inventadas pelas criaturas. Somos uma correção ao gesto do primeiro criador, que desistiu de dar a eternidade a seus filhos. Trocou a perfeição por um paraíso efêmero, cheio de secretas delícias, e que a mim é totalmente proibido.

Maurice se inquieta outra vez e se aproxima.

Tomo as mãos de Colette e deixo que meus lábios se acomodem nos finos lábios dela. É hora de voltar para a escola, para a rue Jacob, para meu marido.

Antes de me afastar, Colette aponta, exclamando: *Regarde!*

Ao redor, as borboletas vermelhas se despegam do papel de parede e partem em revoada. Acompanho o abrir e fechar das asas, a trajetória errática, a fuga pela janela, onde a luz do entardecer acaricia os olmos, que parecem haver-se aproximado para um último adeus. Volto-me e já é tarde. Os olhos de Colette, sempre abertos, não brilham mais. Maurice soluça, segurando-a pelas mãos, como se quisesse detê-la.

Deixo para trás o quarto, o corredor, as galerias iluminadas. Era isso que eu precisava agora. Um pedaço de chão bruto, sem beleza, onde eu pudesse ouvir a erva romper o solo, testemunhar a força de sua eclosão e a novidade de exibir um colmo claro, tão imaturo que ainda não tem cor. São cinco e meia da tarde. As pessoas caminham apressadas, como se tivessem um lugar aonde ir. Misturo-me aos seus passos até parecer uma entre as muitas moças que tentam proteger o penteado da chuva que molhará meu rosto para sempre.

Ah, sim. Meu nome é Claudine, nasci em 1884, em Montigny, e nunca hei de morrer.

# Clarice

Da varanda, ele aponta a pedra pontuda e as casinhas apinhadas que sobem pela encosta. Professoral, chama tudo pelo nome, educando-me o olhar para as coisas que ama. Aquele é o morro Dois Irmãos; do lado, a favela da Rocinha. Na vibração da voz, no atropelo de assuntos, a pressa de se revelar. A ansiedade pelo papel que durante toda a vida (a minha vida, ao menos) evitou desempenhar. O papel de meu pai.

Eu não decidira ainda de que modo o chamaria. Com minha mãe, ele sempre fora *ele*, simplesmente, o pronome indicando um mesmo sujeito, o único homem importante em minha biografia. Pai é uma palavra que nunca precisei usar — já tinha dentes quando aprendi a pronunciá-la —, e Otávio, pura e simplesmente, exige uma intimidade maior da que posso oferecer. O jeito é usar a neutralidade do você e despistar todas as vezes que os apelos tenham de ser mais diretos.

Lá é o Leblon, Ipanema do lado, e à direita, esse você sabe, o Cristo Redentor. Apresenta os bairros e as montanhas como um senhor de feudo, e em seguida me espreita, à espera de reação. Aliás, me observa o tempo todo, procurando em meu rosto aquelas semelhanças que os parentes buscam nas gerações mais novas. Quem sabe na forma dos olhos, no modo de sorrir, encontre uma prova inequívoca, material, de que somos mesmo pai e filha.

Em minha cabeça nada se acomoda. Os pensamentos fogem antes que eu possa esclarecê-los. É muita informação logo cedo, e estou em jejum, o que agrava o meu incômodo. Para completar, tem essa bondade no olhar dele encaramelando tudo.

Estava à beira de vomitar quando a senhora de uniforme avisou que o café seria servido.

Não há silêncio mais incômodo do que aquele de duas pessoas sentadas frente a frente, sem ter o que falar ou, ao contrário, com tanto a dizer que não imaginam por onde começar senão aos gritos. Um pouco de violência faz parte de mim. Uso unhas afiadas sempre que me põem contra a parede. A cicatriz discreta, mas indelével, na pálpebra esquerda da Cris, uma coleguinha do maternal, é testemunha do meu estilo. Desde que me alfabetizei, contudo, transferi essa ferocidade para as palavras, que cicatrizam mais lentamente que os arranhões. Será a minha contribuição a esse homem que, enquanto raspa a polpa de uma papaia até a casca, tenta mapear o gelo em que pisa. Procurando incessantemente por pistas, pergunta-me coisas que se perguntam às crianças: se vou bem no colégio, qual é a minha matéria predileta, qual meu grupo de rock preferido. Quer saber tudo de mim entre uma colher de geleia e uma mordida de pão. Basta o resumo.

Sim à primeira, português à segunda e Mutantes à última, respondo em um só tiro, esperando que o questionário morra ali. Sem se abalar, ele pensa um pouco e retoma o ritmo, fazendo apreciações analíticas.

Mutantes? Achei que na sua idade ninguém conhecia.

Gostaria de ter certeza de que ele sabe que tenho dezessete anos. Minha aparência diz menos. Parei de crescer aos doze, e mesmo naquela época era a menor da turma, de modo que é fácil me confundirem com uma menina, especialmente para um pai recém-nascido que nunca comprou um presente de aniversário. Talvez essa imagem de anjo perverso explique os olhos arregalados e a mudez quando me vê encher a segunda xícara de café e acender o primeiro cigarro do dia.

Sopro a fumaça de lado, pergunto se incomoda. Ele aguenta firme. Autoriza-me um fique à vontade de anfitrião e, no embalo, confidencia ter parado de fumar há pouco. E que achava que a minha geração estava mais bem informada sobre os malefícios do fumo.

Os vícios é que nos salvam, penso em dizer, mas escolho ficar calada.

O silêncio se alarga entre o guardanapo e a boca. Uma pergunta difícil, dessas que se experimenta primeiro, abrindo-lhes a casca para verificar se estão perfeitas, demora a achar a voz de Otávio. Porém chega.

Qual é o primeiro lugar que eu gostaria de conhecer do Rio de Janeiro?

O cemitério do Caju, respondo sem hesitar.

Pronto. Está feito. Sou uma garota difícil. Dessas que fazem os pais fincarem os cotovelos na mesa e segurarem as têmporas com o indicador e o dedo médio, enquanto os polegares sustentam as mandíbulas inferiores, alisando a máscara da perplexidade.

A gargalhada de Penha, tirando a mesa do café, enche a sala de espontaneidade.

Tanta coisa linda para se ver nessa cidade e a menina querendo ir ao cemitério. É de lascar, seu Otávio!

Otávio empalidece e afunda os olhos na mesa, vexado ante a crítica popular dos fatos.

Você é gótica? Penha se esbalda, irreverente. O termo aprendido na novela da televisão é uma sobremesa que irá apreciar em família, depois do expediente, entre comentários sobre a estranha filha do patrão que, no lugar do Pão de Açúcar, preferia visitar o Caju.

A gargalhada vívida desaparece por uma porta vaivém, deixando migalhas na toalha xadrez e, no ar, um vapor inflamável de posto de gasolina. Apago o cigarro, temendo explosões.

Arrependido, digo, ambígua no tom, que tanto pode ser interrogativo quanto de adivinhação.

É o que você queria? Otávio me encara, a raiva fininha infiltrando-se na massa corrida do discurso paterno, o rosto crespo de indignação. Não está entre amigos, ele deveria saber, mas parece não ter entendido nada. Ninguém que responde a uma pergunta com outra sabe. Deixei a provocação agonizar sozinha até que o ruído dos carros, vindo de muito longe, a atropelasse. Otávio desviou as pupilas para o céu e suspirou.

O ódio bem podia ser o sentimento supremo que nos une. Temos, afinal, o mesmo código, esse cara e eu. O exame de DNA comprova. O resto da história, o como e o porquê são buracos mal cobertos pelas versões esfarinhadas de minha mãe. O resumo básico é que ela tivera com Otávio uma fidelidade insuficiente para tranquilizá-lo quanto à genética do embrião que carregava. As dúvidas favoreceram mágoas, acusações e o resto da cartilha dos amores imperfeitos. Na hora do meu nascimento, não havia ninguém para fotografar o parto.

Às vezes basta uma desculpa, dessas que só o tempo afia, para tudo ficar cristalino como uma janela recém-lavada. Em outras vezes, no entanto, é preciso um grande susto para a verdade aparecer. A certeza da minha origem precisou das duas possibilidades combinadas: a crise dos quarenta batendo à porta de dois ex-namorados e um exame de saúde trazendo a suspeita de que em breve eu seria órfã de mãe. Desde então, tenho aprendido que a morte, sua vizinhança inapelável, exige uma sinceridade absoluta de todos os envolvidos. A minha, inclusive.

Vamos para a sala?, ele convida, reclinando a cabeça no ombro direito para depois repetir o movimento no ombro esquerdo. Deve ter precisado alongar o pescoço muitas vezes na vida para não o perder. Esse apartamento, por exemplo. O piso recamado de persas, a cintilância de alguns cristais e essa natureza do outro lado da varanda, luxuosa como documentário da National Geographic, tudo escancara, a cada metro quadrado, uma alma vendida.

Gostou daqui? Ele me surpreende apreciando seus tesouros. Da próxima vez terei de ser mais cuidadosa. Odeio que me apanhem desprevenida.

Bonito. Caro. O segundo adjetivo saiu quase sem querer, colado à lisonja, como se eu estivesse avaliando profissionalmente o lugar.

Demorei muito para conseguir, Otávio se defende, enumerando as virtudes necessárias para se adquirir um império. Trabalho duro, ambição, capacidade de resistir. As reticências na fala deixam a lista em aberto, fazendo crer que há mais. Um pouco de sorte também, ele considera, jogando a purpurina da modéstia para causar boa impressão.

Você trabalha com propaganda, mamãe disse.

Internet. Sou sócio em um provedor.

Ele, provedor. Meu riso explode. Só pode ser uma piada. Otávio finge não perceber a ironia. Quer saber se eu navego, qual é a minha máquina, quanta memória tem.

Pouca. Uso o computador só para escrever.

Os filhos dos meus amigos respiram Web. É divertido. Você não tem vontade?

Não gosto de me divertir.

Eu estava fazendo uma citação, mas ele jamais presumiria. A sombra da culpa lhe embaça a inteligência. Sou capaz de destruí-lo, sinto a força em mim. A força de um selvagem das cavernas, que não sabe controlar seus instintos. Cada frase que eu disser pode significar uma grosseria diante de suas sublimes intenções patriarcais. O que ele mais teme é ver o Quarto Mandamento ser rasgado em mil pedaços no chão da sala, sujando os tapetes que, de tão puros, prometem voar.

Sem conseguir conter a frustração, Otávio exala mais um suspiro e cruza as pernas, enlaçando as mãos sobre o joelho que ficou por cima.

Do que você gosta, então?, desafia, meio zombeteiro, meio irritado.

De aprender, respondo, a voz sumindo a cada sílaba, espuma que se espraia na arrebentação.

Então você deve ir bem na escola, seus olhos se acendem: enfim uma brecha, quase um diálogo inteiro. Colei até o fim de faculdade, confidencia, animadíssimo. Nunca achei que alguém tivesse alguma coisa para me ensinar e... Ele segue falando até se distrair com a própria voz. Aproveito para observar a casa.

Será que ele mora sozinho? Procuro pelas mesas e balcões da sala um porta-retrato, desses em que aparecem rostos queridos lembrando-nos quão importantes somos, ao menos para duas ou três fotografias. Os enfeites, contudo, são poucos. Quase sempre esculturas ou objetos de uso obscuro vindos de algum lugar bem distante.

O mar! — me lembro —, preciso descobrir se fica longe, se posso ir a pé à praia, andar sozinha, andar até saber o que é lalande.

Ao descobrir que falava sozinho, Otávio se cala. Afasta o antebraço, olha o pulso e dá um salto.

Preciso dar uma passadinha no trabalho. Depois teremos o final de semana inteiro para a gente. Penha me fará companhia, ele garante, caso eu queira descer, caminhar, ver a lagoa. Pede licença e desaparece no corredor.

Sinto-me infinitamente mais à vontade sem ninguém por perto. As coisas começam a ganhar sentido. Necessito de calma para senti-las, para saber o que significam, se gosto delas ou não. É tão demorado acostumar-se com o novo que parece não haver tempo suficiente para isso. Em vez de viver, verbo irresponsável demais para tanta exigência, a gente deveria dizer estou me dedicando, como quem se refere a um trabalho difícil, desses que exigem cada uma das horas do dia.

Otávio ressurge. Trocou de roupa e penteou o cabelo. Chama Penha e distribui ordens enquanto apanha as chaves. Detém-se um segundo, olha para mim e pergunta se preciso de alguma coisa. Faço um não com a cabeça. Ele diz que volta para o almoço e bate a porta. O som abafado da madeira devolve o silêncio de antes, mas agora um perfume almiscarado flutua no ar.

Onde fica o Caju? Entro na cozinha, deixando Penha assustada. Dá para ir caminhando?

Dá não, responde Penha. É para os lados de São Cristóvão.

Conto o dinheiro entre as páginas de um livro. Mostro a quantia à Penha, perguntando se é suficiente para o táxi. Ela diz que eu não devia ir sozinha.

A cidade é perigosa, você não conhece nada. Seu Otávio não vai gostar.

Saio depressa, Penha me segue até o elevador, ameaça ligar para o "seu pai", enquanto exclama por santos desconhecidos para mim. Aperto o botão do térreo e, depois de me assegurar que a pedra está comigo, prometo estar em casa à hora do almoço.

Uma parte do caminho é bonita. Margeia a lagoa, tomada por remadores e pessoas que se exercitam como se fosse um dia de feriado. O táxi entra por um túnel tão longo que é mais fácil adivinhar o fim do mundo do que o céu azul esperando na saída. Depois, são os viadutos que espicham como que línguas em cima dos edifícios e fazem os carros voar sobre a cidade. Mais adiante, um cinza de subúrbio, casas baixas, ruas estreitas.

Na vitrina de uma loja, a coroa de flores anuncia que estamos chegando. Um muro alto passa a acompanhar o carro. A asa de um anjo aponta o movimento do lado de fora. Mais adiante, uma cruz. O táxi diminui a marcha e estaciona.

O Comunal Israelita é logo ali, diz o motorista.

Rente à calçada, o muro prossegue e bloqueia a visão. Deixo que meus dedos rocem a superfície áspera do tijolo até ferir a pele. Sob a tinta barata, posso sentir o frio, antigo como a terra, revelando a alma de todos os muros. Tenho vontade de encostar minha testa ali, deixar que a indiferença dos séculos acalme as passadas rápidas do meu coração, que quer ser sempre outro, ou ser finalmente ele mesmo, e bate apenas para me lembrar que está à espera de uma decisão.

A opacidade da muralha é finalmente interrompida pelo gradeado de um portão. Em cada uma das folhas, finas lanças de ferro apontam o firmamento. No meio do caminho, abandonam a verticalidade para formar o desenho de duas estrelas de seis pontas e voltam à retitude anterior. Detrás delas, filas de lajes compridas e estreitas como camas de solteiro estampam o terreno de norte a sul.

Bem no centro, organizando o dormitório, a rua principal, feita de pedras portuguesas, alterna ondas pretas e ondas brancas. Um alpendre azul-celeste a recobre. Os pilares se erguem, à esquerda e à direita, encimando um telhado em ponta. Lembram as casinhas que se desenha na infância, feitas apenas de contornos, ocas por dentro. No alto, uma tumbérgia se agarra firme ao madeirame. É muito jovem para entender o motivo de estar ali, mas seu destino de sombra e de sombrinha já está escrito.

O branco repetido das tumbas não ajuda a decidir quanto à direção a ser tomada. Escolho a fila mais próxima. Começar pelo meio pode não ser muito racional, mas depois de investigar três alas de retângulos e ler as inscrições em hebraico descubro que há uma organização por datas, ou então muita gente morreu em 1968.

Quanto mais avanço, mais o oco do silêncio se fecha, amplificando o som das solas de meus sapatos a esmigalhar a terra. O calor também cresce, e sinto que estou perdida. Paro, escuto com mais atenção. Nada se mexe, salvo uma abelha perturbada pelo sol. Espero, imóvel, até que meus ouvidos alcancem o som abafado de uma batida repetir-se ao longe.

Retorno sobre minhas próprias pegadas e, depois de dobrar esquinas e errar o caminho, avisto um pedreiro ajoelhado junto a uma cova aberta. Faço uma aproximação cautelosa para evitar que ele se assuste com minha presença. O homem se volta, deixando ao meio um golpe de picareta. Cumprimento-o. Ele responde, mantendo o toco de charuto no canto da boca, depois estica o queixo para o vazio aberto no chão e acrescenta: Não tenha medo. É só um trabalho de reforma. Sorrio, tentando mostrar confiança, e pergunto onde fica o túmulo que procuro. O homem aponta uma pá suja de cimento para a direção de onde vim.

Siga por ali até a rua G. É o oitavo, à esquerda.

Agradeço, aliviada, e ao virar as costas, escuto-o perguntar.

Você é da família, moça?

Volto-me para ele, a língua já alojada nos dentes da frente, o sopro do *n* pronto para iniciar um *não*, quando uma ideia rodopia no fundo da resposta, adiando-a.

Não, eu não era filha, sobrinha, prima. Nenhum laço de genealogia me atava a ela, mas a que família podia eu pertencer? Não havia tido um pai até hoje, e quando ele aparece é minha mãe a que parte: um arranjo simples demais para a instituição familiar, ofensivo às leis mais elementares que a regulam. Nada em minha vida afiançou, nunca, as relações de parentesco. Se eu quisesse uma família, teria de criá-la eu mesma. Fazer uma seleção particular de pessoas e inventar uma afinidade que nos unisse. Um desespero de compreensão, por exemplo, em lugar de sangue. Então, sim, poderia afirmar, gritar ao coveiro que Clarice me era mais familiar do que qualquer outro ser no mundo. Com ela eu tinha finalmente uma coisa parecida. Uma coisa fundamental. Ela era alguém que me olhava nos olhos, e nesse olhar estava o segredo que compartilhávamos. Um segredo que só existe pela cumplicidade de sabê-lo, como todos os segredos de família. Ela afastava de mim o temor de enlouquecer só porque aquilo que eu sentia ainda não tinha um nome. E me encorajava a ser o que eu era, a gostar de sê-lo. Assumia a minha estranheza, apontava-me a beleza que havia nela e, sobretudo, cercava-a de dignidade. O resto do mundo que ficasse atônito se eu era um daqueles que matam para florescer.

Antes que eu pudesse dizer um sim vitorioso, sibilante de convicção, o homem já tinha retomado sua tarefa, indiferente como um pedreiro que ergue tumbas debaixo do sol.

Volto devagar à rua principal. A luz do meio-dia toma conta de tudo. Dobro a esquina indicada e meus olhos avançam sobre o mármore que se ergue da terra como um pombo de peito estufado. Um pombo cubista. Na lápide, as letras foram pintadas à mão sobre o molde talhado em pedra. Na linha superior, o nome em hebraico e a estrela de David. Uma única data, 9-12-1977, sepulta para sempre o mistério do ano de seu nascimento.

Clarice Lispector, leio. Clarice Lispector, leio outra vez, repetindo, repetindo, até que meus olhos acreditem.

Um gosto salgado me invade a boca. As lágrimas enchem os canais escondidos sob o rosto, mas não escorrem. Seguro-as para me fortalecer no sofrimento. Quero o choro apenas quando a dor exceda o que é possível compreender. E aqui, há encontro. Estou diante do túmulo de Clarice Lispector, e essa é a minha história. Tinha ido até ali para vivê-la, para apropriar-me do que gosto, para ceder à mínima manifestação do meu ser difícil, áspero, desesperado. Sobretudo, tinha ido ali para me filiar.

Tiro a pedra do bolso e a deposito na superfície respingada de luz. Um ritual de que não conheço ao certo o sentido, mas que tomo de empréstimo para iniciar a tradição da minha linhagem.

O corpo dói de celebração. O meio-dia varreu toda possibilidade de sombras. Acaricio o leito branco. A poeira adere em meus dedos, lembrando-me do eterno pó que somos e seremos. Ouço um ruído atrás de mim. Não tenho pressa. Sei que ao volver-me verei Otávio, as mãos nos bolsos, entre furioso e aliviado, pensando no que fazer comigo. Há, finalmente, coisas para as quais ele não tem um nome. Mas pode estar perto, muito perto, de conhecer a ordem dos corações selvagens.

# Kass

Um golpe de ar avança pelas mangas folgadas e obriga Kass a encolher-se sob a armadura do casaco. "É uma vida de pouco enredo a que preciso", decide, sentindo-se próxima, muito próxima, de entender seu destino. Detrás do fino vidro que a protege, examina os canteiros quase nus, onde resistem as plantas perenes. "Que desvantagem há em ser aquele feixe de ipomeias no canto do jardim? A existência breve, sem ambição?" Aceso pela febre, seu olhar acaricia a vegetação rasteira que ergue trombetas para o céu, celebrando a glória de viver até a hora do chá. "Nada de símbolos. O épico da ipomeia me basta", ela resolve, silente, contida para não acordar o bicho de hálito radioativo que hospeda em seus pulmões.

— Observe — sussurra o mestre, interrompendo-a. Kass o pressente em cada fresta da casa, incorpóreo, com seu bigode de Aladim, gênio recém-saído da garrafa. — Observe sem participar — ele ensina —; o mundo não é um apelo da sua imaginação.

A luz do dia hesita em aparecer, embora os ponteiros do relógio tenham acabado de se encontrar para o almoço. Um vapor de gelo se desprende da terra. Sem quadrante certo, o vento põe a paisagem em comoção. Folhas secas se despedem, deixando as árvores atônitas com sua própria nudez. Os poucos animais desertaram o pasto e nem mesmo os pardais arriscam um voo. "O tempo já seria ruim se não fosse janeiro, se não fosse a mais hostil das estações, se não fosse o dia de minha morte."

O diagnóstico foi claro desde a primeira vez. Diante do lenço maculado, Kass enxergou sua biografia tingir-se da cor de uma romã amadurecida que se rompe em meio a dentadas. Ela havia conseguido tão pouco e já teria de economizar, proteger-se de chuva e sol, de umidades e fumaças, em troca de um arrazoado de intenções, todas delirantes demais para serem atendidas. Teria de mudar de país — ave migratória em busca de lugares quentes —, entregar o peito a estetoscópios de todos os idiomas e ouvir sempre o mesmo estertor antecipado. Nenhuma sílaba quanto à cura.

Com o violoncelo entre as pernas, a dor nas pontas dos dedos, restava-lhe apenas o abraço da solista. "Lamento, lamento", diziam as cordas, duras e afinadas como os pêsames de uma governanta alemã. A tosse iria conduzir de agora em diante.

— Observe. É preciso despertar o sono da alma. Livrar-se de emoções ruins — A voz do guru ecoa trazendo-a de volta ao exercício. — O controle da mente é essencial para se dominar os suplícios do corpo.

Kass obedece. Deixa-se conduzir docemente, sem nenhuma fé, é verdade, porém confiante nos resultados da disciplina. Ela já fora atraída por falsos sinalizadores, claro. Suportou cinco anos de glacialidade e pânico até chegar a Fontainebleau, pedaço do Tibet em território francês. A desesperança a trouxera, contrariando para sempre a opinião de Bogey, de L.M. e de todos que a queriam por perto. Kass não impede o sorriso ao antever a cena de conflito que se desenrolará assim que o marido entrar na sala.

Uma visita ordinária, sem grandes motivações, pediu, em uma carta calculada. Ele vinha? Poderia? Sim, claro, Bogey respondeu na letra inclinada feito um junco e num tom receoso pela sobriedade da correspondência. Kass consegue apalpar a descrença de Bogey ao relembrar os diálogos exaltados, fervorosos, que havia entre eles, as chantagens e as ameaças de abandono a cada reencontro. Ela sabe que teria de cercá-lo de sutilezas se o quisesse aqui. É nos braços de Bogey que deseja chegar ao fim de seu longo desterro.

A espera tem o mesmo andamento de uma fuga de Weber. Um único pensamento, repisado inúmeras vezes, obsessivamente. As vozes argumentam, revisam possíveis pontos de atrito, como se antecipá-los fosse também encontrar uma solução mais cedo. "Gostaria de me distrair, ler um pouco, escrever. Mas estou tão longe das palavras quanto de Karori. Onze mil e quinhentas milhas, para ser exata." Seria preciso um transatlântico para voltar e nem assim conseguiria. As grandes distâncias nunca foram a medida adequada para Kass. "Pulmões de carvoeiro não servem para as braçadas do nadador, nem para o fôlego do romancista. Tenho demais onde precisava o necessário, e pouco na hora do circo", ela sentencia, pensando em suas histórias, sempre tão breves, tão econômicas, condensadas. Os dedos, que bem poderiam alcançar o sol em movimentos difíceis e orquestrados, saem em busca de *leads* sem motivos grandiosos: o interior do átomo e o prego no alto da parede, aferrado ao vazio da gaiola que se foi. "Saíam, saíam", Kass se corrige. Ainda tropeça nos tempos, apesar das lições do mestre Gurdjieff.

— É preciso deter o pêndulo entre a memória e a imaginação, deixar-se disponível para a novidade do instante, ouvir os desejos de sua argila quente, dar-lhe o sopro criador.

O espírito de Kass, entretanto, parece desprezar o coração pulsante de cada minuto. Prefere vagar por cais distantes, atrás de lanternas que piscam em meio a um nevoeiro de recordações e datas.

— Observe, apenas observe. É mais cauteloso — O guru avisa.

Uma abelha peluda bate a cabeça contra a vidraça, insistentemente. As patinhas agem rápidas, recusando-se a acreditar que não há passagem onde tudo é transparência. Kass se solidariza com o inseto: "Também faltam limites claros para quem nasce entre o Pacífico e o outro mar." Tudo é tão novo ali que a atmosfera ainda é de sonho. Não importa a metade do mundo pela qual se decida: para quem deixa as ilhas Maori, a realidade sempre parecerá excessivamente lógica, enguiçada demais para se encontrar um conserto.

Um pouco de ar velho faria bem a Kass, concordavam as montanhas Tinakori, as únicas na aldeia que sabiam apontar o oeste. A estatura daqueles dedos que se erguiam confiantes, alheios às teorias do tempo, tinha uma autoridade suficiente para ser obedecida.

De uma ilha a outra. Era a segunda vez, e a viagem fora por ela planejada como um retorno, não uma partida. Na mala, maltratada como um passageiro de terceira classe, as partituras se misturavam às páginas de um caderno todo preenchido. O coração era o único a galopar naqueles dias. Só bem mais tarde conheceria o tropel incendiado da pleura, as membranas iradas bombeando veneno nos pulmões.

Vista do navio, a terra vermelha de sua infância se apequenava. Falsa súdita, deixava-se fixar no centro da paisagem marinha e então se encobria com uma pálpebra de bruma, resguardando seu mistério do olhar estrangeiro. Deitada sobre os campos de manukas, entre os carneiros, Kass imaginava a ilha submergindo à noite, quando as luzes estivessem apagadas, para retornar à superfície no dia seguinte, antes que o sol a procurasse no oceano. "Alguém, um filho mais dileto do rebanho, haverá de cantá-la um dia." Ela não foi programada para as odes festivas, as rapsódias inteiras. "Minha tenda é a dos pequenos milagres. Abre-se com chaves minúsculas, dobraduras japonesas."

A bordo, não se intimidava com as águas que mudavam de humor nem com a disciplina severa da travessia. Em mar aberto, a liberdade puxava as mangas do seu impermeável e ela saía correndo pelo deque, confiante de que no mundo não havia mais do que dois ou três perigos e que ela já sabia lidar com todos.

Por muito tempo, Kass manteve na alma a alegria dos embarcados. O pano branco acenando sem saudade, o chapéu a desfraldar, ansiando já pelo próximo porto, a cartografia sendo a sua verdadeira cédula de identidade. Os anos em solo firme fizeram-na esquecer a excitação do sal marinho e perder de vista a linha abstrata que havia de concretizar-se em grandes paisagens. O rumo agora era o da pedra polida, das roupas pesadas e dos grandes bulevares. Um parque de brinquedos antes da peregrinação às terras quentes, da exposição às bombas de raios X, do cerco desiludido da ciência. "Depois disso, só o renascimento poderia me salvar", conclui, assentindo com um leve movimento de cabeça à decisão de ter-se instalado em Fontainebleau. Bogey discorda. "Ele tem os ombros mais largos que conheço. Um de seus desdéns já demove o mundo das más intenções", Kass ri, certa de que Bogey estará por perto quando a tuberculose-mãe e seu reinado claudicante perderem a paciência ante seus incessantes pruridos, seus pedidos de um pouco mais.

— Olhe para o relógio em seu pulso — O mestre volta a ordenar. — Agora, distancie-se e observe a si mesma. Uma mulher observando o relógio de pulso, é o que você é, apenas isso. Observe.

Observar é uma arte difícil, quando tudo é comparação. Há tantos azuis para o mesmo mar, que seria um desperdício não perceber tons, semitons, e ler neles os sinais. O céu e a terra não fazem concordâncias, pactos, para salvar o pescador contra a má hora de uma saída?

— O segredo é controlar a imaginação.

Ela já escreveu suas despedidas. Estão seladas, e a essa hora desembarcam em Victoria Station. O legado que deixa é uma pilha de papel — metade para ser rasgada. Suas mãos não foram fortes o suficiente para fazê-lo. Bogey será sábio ao decidir o futuro das páginas incompletas e dos contos. "É tão pouco que só resta desistir da eternidade", Kass se conforma, embora já a tivesse experimentado no prelúdio, certeira e fugaz como uma intuição.

A campainha irá tocar agora, tocou, na sequência de um relógio que suprime o acaso. Kass se sente, enfim, sossegar. Bogey chegou a tempo. Acolhe-a no peito e massageia-lhe as têmporas esbranquiçadas. Traz bilhetes de L.M., notícias de Lawrence, dos Woolf. Tem muito a contar. Kass acompanha o relato cuidadoso, exato, generoso, que traz notícias como se estivesse carregando nos braços uma ramada de lírios e conhecesse a pressão certa para não os esmagar nem deixar que se dispersem. Eles tomam chá e sorriem, um pouco constrangidos, por motivos diferentes.

A respiração de Kass, nem longa nem curta, é antes diplomática. Sua voz necessita estar límpida para embrandecer o ar compungido e reprovador de Bogey, que procura em cada objeto da casa uma confirmação para as suas suspeitas. "Esse lugar exala um frio de caverna", ele repete, aos rosnados. Diz que as mãos de Kass estão geladas, e seus pulsos, magros. Tenta persuadi-la a partir, a abandonar o mestre Gurdjieff e a lábia obscura de seu misticismo. Bogey menciona remédios recém-lançados, novas pesquisas, cirurgias. Luta com inocência. Seus lábios de soldado do império controlam cada uma das emoções, embora os dedos, menos treinados, torçam-se de inconformismo. Na lareira, alguns poucos pedaços de lenha definham em um fogo baixo, brando demais para produzir calor.

Kass avalia o marido do fundo de outra realidade, menos sonhadora. Encontra um atalho para fazê-lo sorrir. "Há três vacas de cabelo enrolado no quintal, e em breve teremos coelhos." Conta os detalhes da ordenha, uma tarefa que lhe ensinaram a executar. Como se fosse uma senha, a leveza da conversa vai desembaraçando os músculos reprimidos em torno dos olhos de Bogey. Ele se oferece para animar o fogo e lhe serve mais um chá, desta vez com creme, instalando enfim a bandeira inglesa no centro da sala. Alguém se lembra de acender uma lâmpada quando a luz externa começa a abandonar a casa. O vento cessou por completo. As nuvens agora baixas estendem um lençol branco sobre as valas do jardim em obras. Em breve, o que era o quadro simples de uma propriedade não poderá mais ser apreciado. Tudo irá fechar-se em algodão, em metáfora fantasmagórica, epifânica, preparando o espetáculo do último momento.

"Esquisito! Não devia haver um pergaminho a desenrolar o que foi vivido diante dos olhos?" Kass se concentra. Faz um esforço, porém a memória recompõe pouco, e de forma avarenta, negando-se mesmo quando se dá. "Nenhum efeito apoteótico, nenhuma revelação." Seus sentidos parecem interessados somente naquele quadro banal de Bogey agachado, com as mãos estendidas para as chamas alaranjadas da lareira, a luz do fogo emoldurando um sorriso voltado para ela. Uma cena que parecia estar desde sempre na história de Kass, imóvel, aguardando apenas que ela a visse com os próprios olhos.

"Então é isso! Estou acordada, como o mestre queria." Kass se sente instalada no espaço. Pode assistir, enfim, o peixe dourado do instante saltar à superfície e dar voltas sobre si mesmo. Pode admirar a brevidade, o raio cintilante de sua importância, a sequência que altera, devagar e para frente, o estado de todas as coisas que gravitam na sala.

Como quem segue um roteiro, Kass estende a mão para o chá que Bogey lhe oferece. Toma um gole. O líquido quente viaja por canais estreitos da garganta e, antes de acomodar-se no estômago, volta em golfadas, rompendo para sempre o dique que mantinha seus pulmões ainda inteiros. Kass sabe, simplesmente sabe, que a xícara está se perdendo de seus dedos, e sorri, cúmplice, ao ver a louça branca estilhaçar-se em meio às grossas gotas de vermelho que explodem no piso. Click! O mecanismo defeituoso das horas foi corrigido. Um único momento corresponde a cada acontecimento, e Kass está inteira ali, submissa à ação do tempo. A voz do mestre já não sopra nenhuma instrução.

"Tudo em volta se liquefaz. Estou no meio do oceano. As águas são tão calmas que posso boiar. Ouço a voz de Bogey na praia pedindo-me que volte. Ele me estende os braços, mas estou além da arrebentação, flutuando na superfície como um bicho que não respira. Uma ipomeia lançada ao mar."

Observe.

# Victoria

Essa manhã, ao ler o jornal, notei duas pequenas frases se mexerem em pontos distintos da página com uma desenvoltura de desenho animado. As linhas, antes presas em sua horizontalidade, realizavam movimentos de onda, perceptíveis apenas pelo contraste com a rigidez dos demais blocos de notícias. Puseram-se, então, a fazer volutas rápidas, ligeiramente hipnóticas, e por fim se descolaram por completo do papel. No lugar do texto tatuado em tinta preta, restaram buracos brancos, vazios de informação, enquanto as letras flutuavam, livres, dançando soltas a poucos centímetros de meu nariz.

A princípio, julguei estar sofrendo alguma alucinação. Pisquei os olhos seguidas vezes, atribuindo à vista cansada aquela aberração de leitura. As palavras, indiferentes às minhas desconfianças, provavam estar vivas, libertas da folha branca e dos julgamentos. Seus caracteres miúdos cresciam, cresciam, até que, num jato violento, vieram se alojar na redoma fina das lentes de meus óculos.

Por um instante me senti ameaçado por aquelas letras subitamente rebeldes. Uma reação instintiva me fez arrancar os óculos do rosto, sacudi-los para deles descartar as malditas palavras e depois pisoteá-las, como se fossem formigas. O gesto inusitado, rápido, atraiu o olhar de alguns passantes. Recomposto, avaliei o resultado de minha tentativa e constatei que, efetivamente, o texto que se agarrara às lentes havia desaparecido.

Mal esboçava um sorriso, de alívio ou vingança, quando senti meus olhos serem tomados por uma ardência leve, como de poeira ferindo a córnea. Levei os dedos às pálpebras, massageando-as para afastar o desconforto. Ao abri-las novamente, vi o corredor de embarque do outro lado dos trilhos, a parede ocre enfeitada por um cartaz de propaganda e três homens esperando. A mesma cena que eu via todas as manhãs, e que vira segundos antes, aparecia agora atravessada pelas longas pernas de um "f". Deslizei as pupilas para os lados e a curva de um "o" entrou em foco. As palavras despregadas do jornal alojavam-se agora sobre as minhas retinas.

Afora isso, nada me perturbava. Eu estava na estação, como todos os dias, esperando o trem das 8h23 para ir ao Centro, onde ganho o pão há mais de três décadas. Seria uma inverdade tentar convencer-me, contudo, de que era um dia qualquer. Além do frio que havia congelado o mercúrio dos termômetros durante a madrugada, eu estava completando o meu sexagésimo aniversário. Em uma data como essa é de esperar que não estejamos livres de acontecimentos. Especialmente os de natureza orgânica, que insistem em fazer da vida um fenômeno gratuito, em que se perde o apogeu sem nunca o ter sentido. Talvez por isso aquele 13 de fevereiro de 1963, grafado junto ao nome do jornal e de sua data de fundação, tenha escapulido do canto superior da primeira página para ficar gravado em meus olhos, como um filtro a coar, dali para frente, tudo o que me aconteceria.

A outra notícia que se colou em meus olhos era de interesse geral, não o assunto particular de um aniversariante em crise. Trazia a informação de que a poeta Sylvia Plath havia morrido tragicamente no dia anterior, em sua casa, na Fitzroy Road, número 23. Ela estava separada do marido e deixou dois filhos pequenos. Quando escrevem falecimento trágico, os jornais estão varrendo para as entrelinhas a palavra suicídio. Usam a expressão como um eufemismo, não para a morte, mas para o modo de morrer, que repentinamente ganha uma importância peculiar, indizível mesmo para a imprensa liberal.

Eu nunca havia lido um livro de Sylvia Plath. Conhecia apenas alguns de seus versos, ouvidos em um programa da rádio BBC. Era verão, eu estava no jardim bebendo um gim para espantar o calor. Alguns vaga-lumes pousavam nas poucas plantas da vizinhança, e me instalei para vê-los. Gostava de ser surpreendido por aquela luz impossível, vinda de uma combinação química rara em qualquer reino. Permaneci alongado em uma cadeira, ouvindo no rádio os versos que a própria autora recitava. Lembro-me nitidamente de imagens fortes que se enganchavam a outras imagens, também grandiosas, formando uma sucessão de metáforas que terminavam abruptamente, me pondo em conflito com o meu próprio idioma. Não sei se foi o sotaque americano, ou o espírito do álcool que se libertava a cada gole, mas eu ouvi de repente minha língua de berço transformar-se em uma estranha. Repetia-se o mesmo desconforto, a mesma sensação que tive diante de um quadro de Bosch. Depois de conhecer aquelas paisagens, o mundo começou a parecer um lugar previsível e sem imaginação.

No rádio, a voz da poeta era calma, profunda, e sua respiração emprestava as pausas e os ritmos certos para tornar os poemas claros, mesmo quando herméticos. Foi a primeira vez que tive contato com

Sylvia Plath. No entanto, aquela breve nota de jornal, subitamente tornada relevante, fugira da página para aninhar-se em minhas pupilas, íntima como um bilhete de despedida.

A única ressalva que eu podia fazer em relação à repentina importância que essa morte assumira baseava-se em uma coincidência. Por mais que eu despreze toda espécie de sortilégio, não podia me furtar à ideia de que tudo poderia haver se precipitado porque minha mulher também se chama Sylvia. Pouco mais posso dizer com tanta objetividade.

No alto-falante, o chefe da estação avisou que as viagens iriam sofrer atrasos por causa da neve que cobre as vias. É um inverno impiedoso este, o mais frio dos últimos anos. Tive de levantar uma hora mais cedo para varrer o gelo que se acumulara diante da porta, bloqueando a saída, e verificar se a água não havia congelado nos canos, o que causaria um desconforto ainda maior. Enquanto isso, minha mulher, Sylvia, preparava a primeira refeição do dia.

Eu me servia de chá quando Sylvia perguntou a que horas ela deveria tomar o trem para me encontrar na cidade. É o que fazemos todos os anos no meu aniversário. Uma cerveja em algum pub, depois um jantar em um restaurante com reservas confirmadas. Sugeri que adiássemos desta vez, usando a desculpa do mau tempo e do incômodo que isso traria. Ela parou de mexer os ovos na frigideira e sem mais alarde sentou-se na mesa posta à minha frente. Serviu-se de café e perguntou que motivos me faziam querer desistir de uma comemoração tão oportuna e já arranjada.

Minha mulher vai sempre direto ao ponto. Ela é simples em suas indagações. De minha parte, mesmo se fossem verdadeiras, as respostas que eu tinha para dar nunca alcançariam uma certeza. Um silêncio enovelou-se entre as xícaras e os pratos, errando aqui e ali, até parar diante de mim e não me restar outra iniciativa senão a de quebrá-lo em pequenos cacos de fala, voltar atrás e dizer que ela estava certa, que não havia razão alguma para desmarcar o nosso compromisso. Sylvia deu duas pancadinhas com seus dedos finos sobre minha mão e levantou-se sorridente, dizendo que assim estava perfeito.

A calefação não conseguia dar conta do vento que entrava vigoroso na gare. Olhei para o relógio no teto. O ponteiro deu um pequeno chute e se deteve outra vez. Meus pés estavam aquecidos e minhas mãos também, mesmo assim eu precisava de uma bebida. Todos os passageiros devem ter pensado o mesmo. Quase não consegui entrar no café, lotado de homens que, assim como eu, seguravam a maleta e o chapéu nas mãos enluvadas. Pendurei tudo no cabide e tive a chance de conseguir uma banqueta no balcão, abandonada justo no momento em que eu fazia o meu pedido. No salão estreito, o clima era eufórico, promovido pelo lazer involuntário que os passageiros gozavam naquela hora da manhã. O garçom encheu um copo de conhaque até a borda e recolheu as moedinhas que eu depositara ao lado. A metade do conteúdo sorvi em um único gole, sentindo o líquido se assentar em meu estômago e distribuir fogo em todas as direções.

Voltei a abrir o jornal, procurando a seção de esportes. O Manchester United marcara três a zero, tornando-se o líder do campeonato inglês. Li toda a cobertura do jogo, mais os comentários e as opiniões dos especialistas, espiando por entre a data e a outra notícia gravadas em meus olhos. Antes de virar a folha, meus olhos percorreram a página esquerda, que estampava o necrológio de Sylvia Plath. Breve e incompleto, o resumo daquela vida continha informações perturbadoras. A começar pela idade. A metade do que eu já tinha vivido.

Aquele dado me fez engolir a outra parte do conhaque, que desta vez desceu sem o alarde do primeiro gole. Trinta anos pode ser tarde demais. Eu, nessa idade, tinha acabado de voltar da Índia, e a experiência lá adquirida me permitia alçar um posto mais alto no governo e um salário suficiente para me casar com Sylvia, a minha Sylvia. Ela era seis anos mais jovem que eu; tinha planos precisos e uma fé incondicional em nosso futuro. Talvez eu fosse melancólico demais para ela. Um ser embrutecido, incapaz de eternizar o sorriso desarmado que ela voltava para mim, como se fosse uma garantia, uma certeza de que, no final, tudo iria dar certo.

Entre suas decisões de esposa, Sylvia havia decidido comemorar o meu trigésimo aniversário. Apareceu de surpresa em meu trabalho e me levou a um restaurante, pagando as despesas com suas economias. Não é o mesmo lugar a que iremos hoje. O tempo se encarregou de sofisticar o programa e agregar mais cadeiras à mesa, preenchendo assim os lapsos de conversa que se tornavam mais e mais frequentes em nosso casamento.

Os meus silêncios. Assim Sylvia batizou a atitude distante que, segundo ela, surgira em mim gradualmente. Bastava eu estar distraído para ela delatar os tais silêncios, a princípio com ironia, depois acusando-os de intrusos, ladrões que roubavam as frases que deveriam ser dela. Sylvia queria saber o porquê daquele progressivo emudecimento. Queria saber o que eu pensava nessas horas. Seus olhos me radiografavam, tentando enxergar através de mim uma mentira oculta, um segredo inconfesso. Tentei minimizar a preocupação de minha mulher, assegurando-a de que não havia nada de errado em ficar divagando mentalmente. Eram coisas que não tinham expressão verbal, nem outra expressão qualquer.

Aos poucos, Sylvia desistiu de me fazer falar, depois deixou de interpretar os meus silêncios e logo parecia também ter desistido de mim. Em nossa casa só se ouviam estalidos de madeira, canos de água corrente e pássaros, se cantassem lá fora. A esperança que minha mulher depositava nos gritinhos de crianças correndo pela sala não se concretizou nunca. Ficávamos os dois calados, os olhos pousados em algum livro. A troca de frases, quando havia, era para traduzir desejos simples, como alcançar o açucareiro ou lembrar de uma compra a ser feita no dia seguinte. Os anos passaram e o silêncio indecifrado nos alcançou com rugas no rosto e com o peso irremovível que o tempo deposita nos ossos.

No pulso, vejo que se passaram poucos minutos, seis ou sete, desde que sorvi o meu primeiro gole. O movimento no café continua intenso. O entra e sai de rostos diferentes faz crer que os atrasos na linha ferroviária continuam. Desse jeito, não haverá vagões suficientes para todos. O melhor a fazer é voltar para junto dos trilhos e embarcar no primeiro trem que aparecer.

Além de muitos poemas, relata o jornal, Sylvia Plath deixa dois filhos, uma menina e um menino, ainda pequenos. É fácil imaginar que essas crianças logo irão crescer e alcançar a idade que a mãe tinha ao morrer. Em determinado ponto, serão mais velhos que ela e passarão a enxergá-la com olhos de pais, de pessoas que experimentaram as dores e os impulsos aos quais Sylvia não resistiu, e finalmente a compreenderão, apesar de tudo. Penso na minha Sylvia, em mim, e de súbito sinto-me grato por termos conseguido sobreviver ao meu silêncio, essa cômoda vaidade de quem nunca pôs nome em nada do que viu ou sentiu. Minha passagem terá sido rápida e silenciosa. Não deixarei escritos nem filhos, e terei apenas uma curta biografia, menos rica e mais breve ainda que o necrológio de Sylvia Plath. Às vezes, a história pede apenas que estejamos vivos para justificá-la. Eis uma razão para comemorar quando se chega aos sessenta anos e não se está inscrito na eternidade.

O trem encosta na plataforma precedido por lufadas brancas de fumaça. Pelas janelas, vê-se que está lotado. Os passageiros correm, procuram se posicionar à frente, embarcando mal a máquina sossega. Desisto da viagem, começando a exercitar a sabedoria que meus cabelos sexagenários devem honrar.

A estação se esvazia, vivendo novamente de mais uma espera. Chegarei atrasado. A primeira vez em anos de profissão. No final da tarde Sylvia me levará ao salão perolado daquele hotel luxuoso. Quem sabe meus olhos já estejam limpos quando ela me entregar o presente, uma gravata nova ou um sapato que suas mãos levaram a tarde embrulhando e enfeitando com fitas. Ela tentará me entusiasmar, explicando a qualidade do material, chamando a minha atenção ao acabamento, à exclusividade do modelo. Acostumada a falar para si mesma, irá completar o diálogo que me caberia, exibindo uma resignação que encobre anos de uma estranha resistência. Uma passividade que até hoje eu julgava insidiosa, plena de ódio e acusação, e que agora parece sinalizar o antigo lugar da esperança, essa obstinação infinita em esperar por um milagre que pode nunca acontecer. Um desejo tão firme que nem meu comportamento ensimesmado poderia perturbar.

Durante o jantar, talvez eu fale dessa poeta e dos versos que escreveu, e conte o impacto misterioso que me causou sua morte. Nascerá talvez nosso primeiro assunto, nossa primeira cumplicidade em trinta anos. Irei propor um brinde pela vida eterna, que recém começa para Sylvia Plath. E pelo tempo que me resta para estar com a outra Sylvia, aquela que sorria, garantindo que tudo iria acabar bem. Acho que estou ansioso por isso.

# Flapper

Um descalço, o outro não. Paralelos feito as lâmpadas de gás fixadas no teto branco onde tantas vezes vê passar a história de sua vida. Zelda observa os pés, orgulhosa da posição arrogante e alerta que assumem enquanto ela permanece deitada, sem saber se já é dia.

O direito, em sua nudez distraída, revela um arco anguloso, deformado pelos anos de sapatilha; o esquerdo, envolto por uma fofa lã cor de laranja, lembra um resistente a desafiar com galhardia a alvura totalitária do quarto. Seu par decerto estava perdido entre os lençóis, desalinhados após a longa batalha noturna de um sono ruim.

Zelda estira com dificuldade os braços e as pernas até a coluna reclamar o esquecimento a que foi relegada depois de anos de exigência para uma superação física. Escolhera tarde demais ser bailarina. E também pintar. E escrever. Não tinha, definitivamente, noção de tempo. Scott foi o primeiro a alertá-la, aconselhando que fosse mais responsável e considerasse ao menos um de seus talentos a sério.

Velho Scott, em que bares andará você agora?

Sempre imóvel, Zelda tenta agarrar os restos de um sonho, mesmo sabendo que, iguais às nuvens, os sonhos sofrem do defeito da dissipação. Esforça-se, desiste. Esquecer é bom, ela acredita; esquecendo, evitam-se os relatos e as interpretações que a devolvem para o pior de si mesma, em um círculo que se afunila, hipnótico, rumo ao aniquilamento.

Os pés tocam o chão e ela sente a frieza da pedra dar partida a um segundo e estranho despertar. Como um fio condutor, a sensação sobe pela espinha, oxigenando de arrepiante vitalidade cada osso e nervo de seu delicado mecanismo interior. Toda a panaceia e os milhares de eletrochoques, tão inúteis, parecem concorrer agora para desembotar a lucidez e a vontade alienadas.

Incrédula, Zelda leva os dedos ao rosto, temerosa com a superfície áspera do eczema que lhe mascara as expressões, porém não o encontra. Se tivesse um espelho, confirmaria a face limpa, com os mesmos traços de antes, de sempre.

Pela primeira vez, sente voltar-lhe a coragem de moça rica do Alabama. É preciso terminar o livro, escrever para Scott pedindo que venha buscá-la, e ficar ao lado de Scottie, em quem vive o melhor do que ela e o marido haviam sido.

Zelda tem pressa. Descarta a meia solitária para apossar-se por inteiro daquela novidade que lhe chega do chão e que, desde já, reconhece como a cura.

Sem pensar em seus trajes, sai pelo corredor, procurando a quem divulgar que está acordada, pronta para partir: um daqueles homens de uniforme, o médico plantonista, algum interno igual a ela. Onde estão todos? A alegria não permite que se detenha. Zelda tem a urgência dos recém-nascidos: insuflar no peito o primeiro sopro que revela o mundo dos vivos.

Desce ao primeiro andar deslizando pelo corrimão; atravessa salas e enfermarias, encontrando sempre uma combinação esquisita de esvaziamento. E ganha o jardim, quando compreende que apenas a primeira e última estrela ainda brilha.

É tão cedo que até os pássaros dormem. No ar, um silêncio que há muito Zelda não escuta. Todas aquelas vozes sobre seus ombros, rigorosamente caladas agora, deixam-na tão leve que poderia dançar. E dança, como uma Pavlova. Depois, melhor que Pavlova, e por fim livre do fantasma de Pavlova, dança como o vento.

A música que seus passos seguem sai-lhe dos próprios músculos. Os pés descalços mal pisam o solo e revogam inocentemente a lei da gravidade. Na transparência suave da cambraia, a camisola flutua e dá contorno aos movimentos de uma coreografia vigorosa. Um salto perfeito e a bailarina gira no ar, segura de que sua estabilidade está no equilíbrio provisório.

Ao longe, o som de uma campainha insiste em ser ouvido. Acerca-se, ganha volume e agora é um silvo apavorante, que desorienta, levando-a à queda.

Zelda abre os olhos. Ao seu redor, tudo o que é branco foi tomado por línguas alaranjadas que sobem e descem em um balé furioso. Uma fumaça espessa fecha-lhe os pulmões, impedindo que respire. Tomada de pânico, ela grita por Scott, e de súbito compreende que ele não pode vir. Que ninguém pode.

Tenta erguer-se, inutilmente. Seus pulsos e tornozelos estão amarrados à cama, desde o dia em que chegou aqui. Olha para os pés, brancos e finos, duas lâmpadas incandescentes. Começa a movê-los, devagar, até marcar o compasso que o coração lhe dita. Logo, um par de asas brota de seus calcanhares, revelando a antiga crisálida de que suspeitava a dançarina.

Zelda se desembaraça das amarras com a agilidade sutil de uma borboleta a sustentar-se no voo. Para ela, não era cedo, nem tarde. Era a hora.

*And Zelda died like a butterfly*
*Beating her wings against the fire*
Peter Daltrey

# Sonhadora

O farol que ainda há pouco decepava as trevas, estendendo longos braços aos navios mais distantes para trazê-los de volta ao cais, rodopia agora feito um bêbado sem graça. O foco ambulante, reto como um desejo, empalidece e tomba no vazio da aura.

Ecos da procela que varreu o mar aberto durante a madrugada chegam à praia. As ondas investem um humor de ressaca sobre as pedras, engolindo grossas camadas de areia e tufos de vegetação. Para os lados do continente, o céu noturno recua, acossado pela luz da manhã. Sobre a baía da Babitonga, a bruma de julho anula definições. Terra e mar, península e continente, tudo se esfuma no véu vaporoso e glauco que mascara a agonia do farol. Acostumados a ler as nuvens, os pescadores tirarão o dia para desembaraçar as redes e fazer reparos em seus batéis. O inverno é a estação da paciência, aprenderam desde meninos. E sabem que terão de guardar muita temperança, hoje, pois são as correntes frias que trazem os cardumes maduros.

Na região portuária, a umidade é visível em todo o madeirame. Barcos, deques e armazéns estão encharcados de sereno e mau tempo. Um guarda noturno, sem função maior que a de manter o emprego, dorme a sono ferrado sob a aba do chapéu. Um vira-lata o acompanha, fiel ao dono até no sonho. O único movimento é o das gaivotas, que mergulham as patas e o bico nas águas geladas. Subindo a rua de pedra lavada, chega-se ao coração da vila. Uma cruz de madeira aponta o sul e o norte, mostrando de onde vêm os ventos, e indica o fundo incógnito da terra — para onde iremos todos —, assim como o firmamento, que poucas almas alcançarão.

Na igreja Matriz, o sino começa a chamar para as matinas. Impulsionado por mãos pouco adestradas, o badalo se choca contra o bronze, sem inspiração musical nem mística. É o único sinal de que a cidade despertou; este, e o rolo solitário de fumaça que escapa por uma chaminé, subindo valentemente pelos ares até misturar-se ao cobertor leitoso que paira sobre os telhados enegrecidos.

Nenhuma cor participa da paisagem. Se fosse verão, São Francisco estaria ancorada no azul. O sol sublinharia o tom ferruginoso dos barcos e animaria o vermelho dos cachos que explodem entre o verde arejado dos flamboaiãs. Por ora, a ilha se fecha em um gótico rudimentar, adequado ao paraíso de sereias e tritões que, segundo as lendas dos moradores, sobem à superfície nos dias nublados.

Maria Preta se benze. Espia a cidade através da janela empanada de vapor. Dia aziago, diz para si mesma, dando as costas à paisagem. Ao voltar-se, tropeça no balde onde cinzas de achas mortas se acumulam. Má sorte, repete, paralisada pelos sinais. Izídia adentra a cozinha, os olhos vermelhos de sono, o avental branco ainda por atar. Pergunta se a água ferveu e abre a tampa da chaleira. Murmurando uma resposta evasiva, Maria Preta trata de engordar o fogo com pedaços de lenha. Há semanas o fogão permanece constantemente aceso. A patroa dera de passar as noites em claro, desenhando, sem se importar se a luz é pouca ou o frio, extremo.

Na sala, Júlia ouve o repicar do sino e suspende o creiom no ar. Se para outros doentes a chegada da manhã é um alento, para ela é um prenúncio de horas de terror, palpitações descontroladas e fugas de consciência.

Hora de descansar, admite, a contragosto.

Júlia aproxima o rosto quase rente à página, como se a farejasse. Com as mãos espalmadas inspeciona a superfície recamada de cera até concluir que as partes certas foram preenchidas. Detestaria ter ultrapassado os limites do desenho por descuido ou imperícia, especialmente agora, que está quase pronto. Ela acaricia uma última vez o papel acetinado e sorri, misteriosa.

Usando os polegares e os indicadores ao modo de uma pinça, toma as pontas inferiores do papel e as reúne com as pontas superiores, fazendo com que o desenho se dobre gentilmente sobre si mesmo. Tateante, encontra o tubo de goma arábica e tampa-o com diligência. Confere se ao lado estão a tesoura e as folhas de seda. A ordem do material é essencial para ela, embora há muitos anos ninguém entre naquela sala, ameaçando trocar as coisas de lugar. Izídia e Maria Preta não contam nesse caso. Elas são as primeiras a preservar aquele sacrário, prejudicando a si mesmas nas funções de limpar e espanar, que sempre exerceram com esmero e aprumo.

Júlia empurra para trás a cadeira de imbuia. Sente-a mais pesada a cada dia. O esforço de levantar-se também é custoso. Tem os pés dormentes e as costas enrijecidas após uma noite inteira curvadas sobre a mesa. Necessita de ajuda.

Antes mesmo de ser chamada, Izídia anuncia que está na sala, pontual como os anseios da patroa. Toda vez que entra naquele espaço, a velha governanta se detém, como hipnotizada, diante das ilustrações gigantes que forram as paredes de cima a baixo e transformam a sala em uma coleção de iluminuras. Escolhe uma, atraída pela cor vibrante ou pelo tema retratado. Observa. O desenho vai aos poucos tirando lembranças de dentro dela. Um lugar visitado, uma história ouvida na infância ou mesmo um desses sonhos que perduram até o dia clarear. Em sua mente, surgem palavras elevadas como orações, sem serem orações. No princípio, achava graça, chamando de sonambulismo àquela sensação esquisita de ficar ausente, recordando coisas que existiram e coisas que não. Poderia passar o dia assim, a contar para si mesma o que acontece naquele universo de papel, esquecida de seus afazeres. Izídia recorda-se do primeiro painel, pendurado anos antes. Ela havia entrado na sala, assim como hoje, para oferecer um chá à patroa. Encontrou Júlia metida entre papéis coloridos, fitas douradas, bisnagas de tinta. Sobre a mesa, recortava pequenos pedaços de pano para fornir de cortinas um imenso casarão erguido entre uma sebe de cerca viva. Em primeiro plano, um jardim coloridíssimo parecia saltar do painel. Dezenas de flores de papel de seda haviam sido dobradas e depois aplicadas, uma a uma, de modo a dar volume e relevo ao conjunto.

Encantadas como diante de um presépio, Izídia e depois Maria Preta alternaram exclamações.

É o cenário do romance que vou escrever, a patroa explicava, animada, indicando o local exato em que o quadro deveria ser pendurado.

Um cenário, como no teatro? Maria Preta perguntou, os olhos ansiosos de entendimento, divididos entre apreciar o painel e alcançar o material para a colega que, do alto de uma escada, fixava com percevejos as bordas do papel.

Exaltada, a patroa não ligava aos anelos de Maria Preta. Deslocava-se de lá para cá, como se fora redecorar a casa inteira. Vou fazer deste lugar um estúdio, dizia, vislumbrando uma nova função para a sala, que fazia tempos não via uma recepção. A última tinha sido o velório do comendador. Desde então, as cortinas se cerraram, o lustre central não se acendia e até a prataria perdera o brilho. Viúva, Júlia já não circulava entre os convidados, fazendo-os suspirar de orgulho por gozar de uma companhia tão valiosa em toda a província. De Desterro à intendência do Paraná conhecia-se a extravagância de dona Júlia da Costa.

Uma poetisa! De versos publicados em livro! Dizia-se em tom ora admirativo, ora insinuando a imoralidade da artista, sempre vestida de branco, de lábios escarlates e, ousadia maior, cabelos tingidos de preto.

Junto da fama conquistada em periódicos e salões, ouvia-se um relato abafado que ainda hoje medra como assunto de baile e chega até as cozinhas. Júlia tivera um amor e fora abandonada; era um tal Carvolina. Por conta do desamor, tornara-se esse vulcão em meio à neve, explicavam alguns, tentando justificar a personalidade feérica que, apostavam, iria irromper um dia e assolar tudo com sua lava fervente.

Sem saber mais do que ninguém o quanto de verdade havia nessa bisbilhotice, Izídia volveu os olhos para aquela mulher mirrada, que misturava ideias como quem mistura tintas e ficava menor a cada dia, perdida entre os brocados do vestido. Qual delas viera a dar nisso? — perguntava-se a empregada. A Júlia ferida de morte pelo jovem poeta ou a que um dia escolhera se fechar para o mundo e viver para a escrita?

Um poeta necessita experimentar um pouco de tudo — mesmo a dor —, porque, no íntimo, o que importa é alimentar sua poesia, sempre ouvira a patroa responder ao marido, quando ele solicitava menos entusiasmo nas opiniões e menos exagero nas melancolias que se seguiam às noites de festa.

Um pássaro depenado é o que dona Júlia lembra, apieda-se a governanta, sem conseguir encontrar uma linha reta entre a patroa e os painéis vivos, cheios de cor, que continuavam a se multiplicar magicamente nas mãos dela, sem deixar sequer um pedaço com a cor original das paredes.

É verdade, a razão assalta Izídia, fazendo com que sua alma vigilante se imponha sobre a que divaga.

Dona Júlia, o que vamos fazer com este último desenho? Na sala não há mais espaço.

Pensaremos depois. Agora, ajude aqui, ouviu como resposta, antes de se precipitar até a patroa e emprestar-lhe forças para que ela ficasse em pé.

Não me sinto nada bem, Izídia.

É esse clima. Vamos, vamos nos esquentar.

Que dia é hoje?

Ora, que diferença faz? Faz oito anos que a senhora não sai de casa, que troca a noite pelo dia, que não vê mais ninguém.

Como está lá fora?

Feio. Fechado.

Muito bom.

Bom? Para quê?

Para o último dia. Há sempre um último dia, Izídia. Nas histórias, na vida. O meu bem poderia ser hoje.

Acostumada com as esquisitices da patroa, a empregada a repreende, simulando irritação, embora soubesse caber uma verdade no que ouvia.

Não diga sandices, dona Júlia. A senhora precisa é de descanso e um bom café quente.

As duas avançam devagar, Izídia manobrando para não esbarrar na tapeçaria de papel que forra as paredes. Apoiada em seu braço, Júlia estaca, como se ouvisse alguma coisa.

Estamos diante de qual?, pergunta.

O da torre.

Descreva-o para mim, Izídia.

Está bem, vamos sentar ali, na poltrona. É preciso trocar as meias por outras mais quentes.

Júlia obedece. Depois de deixar-se cair no assento macio, sente os pés serem despidos e, em seguida, recobertos. Uma manta de lã é suavemente estendida sobre ela.

A torre é alta — começa Izídia —, quase toca o céu, pintado de anil, acho.

Cerúleo, corrige a patroa, a cor de alguns dias de outono. Aqui começa a minha história. É domingo. A igreja está cheia. Todos ali são conhecidos, por isso as meninas se cutucam, curiosas, perguntando umas às outras quem é o forasteiro da terceira fila. Na vez de Lúcia — nossa protagonista — reparar no desconhecido, a mãe, que percebia tudo, implora por discrição. Obediente, Lúcia volta os olhos para o missal e segue o coro das orações. Na saída, a chance de ver o estrangeiro ressurge graças a um acidente fortuito.

Um condutor novato perdera o controle de seu cavalo, que relinchava, atordoado, ameaçando invadir o átrio da casa paroquial. O pequeno espetáculo distrai a atenção geral. Enquanto os homens tentam acudir, as mulheres, impressionadas pela violência, dão-se as mãos e reprimem ais debaixo de lencinhos. É ali, em meio à confusão, que Lúcia vê José, e José a vê, pela primeira vez. São os únicos a não dar importância ao episódio que irá animar as conversas até o final do dia. Preocupam-se tão somente em saber que impressão causaram um no outro.

Júlia silencia, de repente. Parece distrair-se ou dormitar. Mas limpa a garganta e pergunta que painel vem em seguida.

Os envelopes de onde saem pedaços de papel colorido.

São poemas, os muitos que José e Lúcia trocam, e também partituras escritas para ela. Na sequência, virá uma cena campestre, onde irei descrever o passeio em que fazem juras de amor eterno.

E aquele, o de baús e malas sobre um tapete de fitas?

O dia em que José vai embora. O mar está tão verde que parece um gramado. A mãe de Lúcia a prende em casa, mas ela vê o seu amado passar, uma última vez, pela janela do casarão. De ombros encurvados, José leva nas mãos a mala quase vazia, a balançar de um lado a outro, como se saltitasse. Detrás dos postigos,

Lúcia assiste a cena de olhos secos. As lágrimas, entretanto, saem pelos poros da menina em um suor febril, e ela entende que a sua vida já não lhe pertence: partiu, acomodada ao lado da pobreza, o único bem que José leva na bagagem.

Nesse momento da narrativa, Maria Preta se une ao grupo. Traz café e pão recém-assado, que deposita no aparador. A indolência própria da juventude deixa que ela indague abertamente a patroa quanto aos planos para o livro. Por exemplo, o que quer dizer esse buquê sobre a cama?

Izídia, sentindo-se ainda mais responsável depois da invasão da colega, sugere à patroa que descanse. Tenta mesmo forçá-la a ir para o quarto, mas Júlia se aferra à poltrona. Izídia suspira, cedendo à obstinação da outra. Com o dedo em riste, Júlia dá continuidade ao livro que nunca será escrito.

É o buquê do casamento de Lúcia, que desposou um comerciante rico, influente e trinta anos mais velho que ela. Aceitou-o depois de ouvir notícias do noivado de José no Desterro. Reparem que as flores coloridas se espalham, acentuando o branco dos lençóis. O capítulo revelará a combinação entre os noivos, na hora do pacto matrimonial.

Júlia faz uma pausa proposital, testando a atenção das ouvintes.

Maria Preta é a mais curiosa.

Que pacto?

Uma exigência, corrige Júlia. Lúcia fez o futuro marido jurar que não iria tocá-la, nem naquela noite, nem em outra.

Nunca, dona Júlia? Maria Preta gagueja, ao perguntar. Quer dizer, ela continua pura, mesmo casada?

Guarda-se. Lúcia não pode empenhar seu desejo em acordos espúrios, como um casamento de conveniência. O corpo é sagrado demais para isso. Ao marido, advogou de que só a interessavam as coisas do espírito.

E ele aceitou?

Tinha lá suas razões, o comerciante. Confiava, contudo, na maciez dos elogios e na sedução dos mimos.

Foram felizes? Maria Preta segue indagando, as mãos grudadas no reposteiro, disposta a testemunhar os caminhos da história.

Júlia nega primeiro com a cabeça, depois verbalmente: nunca.

Lúcia apenas tolerava o marido. Cumpria o papel de anfitriã dedicada, organizando saraus célebres em que se debatia tanto política quanto poesia. O amor, porém, continuava a latejar em seus poemas e nas noites não dormidas. Em sociedade, Lúcia era uma, e outra nas horas de silêncio. Quatro anos mais tarde José volta. Está só, desimpedido. Para ela, basta ouvir o nome bendito para a vida reerguer-se de sua tumba mal fechada. Em um baile, os dois ficam frente a frente. São apresentados como se nunca tivessem se visto. José deixa os lábios demorarem-se nas falanges brancas de Lúcia, que sente o peito se revolver, já não sabe se de ódio ou de saudade.

Ainda sou tua, ela murmura, tonta de êxtase, e entrega-lhe a rosa que traz no regaço quando a valsa os empurra para lados opostos.

As cartas voltam a circular de um para outro. Lúcia as guarda escondidas entre o seio e o vestido; escreve quase todos os dias páginas de amor e de ciúmes, que o amante busca em lugares secretos. Em casa, os pretextos começam a esgotar-se, a vigilância cresce. O comerciante, pressentindo ausências, dedica-se a exceder os carinhos e amiudar os presentes. Mas a mulher parece escapar-lhe por entre os dedos, diáfana e esquiva. Lúcia padece da aflição dos triângulos e corre os riscos do adultério. Num ato extremo, propõe que José e ela fujam. É lá que eles iriam viver – o braço de Júlia se ergue, apontando o sul. Se não me engano, está retratado no painel junto à cortina.

As duas empregadas se voltam, adivinhando encontrar um nicho romanesco, um castelo.

No meio do mato? Protesta Maria Preta, tomada de decepção.

Júlia sorri, indulgente.

Que importa onde! Iriam a uma floresta, a uma praia deserta, ao fim de mundo, onde quer que fosse. Havia desejo e havia paixão para ir mais longe ainda.

E foram?

Nesse ponto, Izídia, que se comovera com o relato, já intui a arqueologia, a camada biográfica sob aquelas fantasias. Levanta-se e diz a Maria Preta que são horas de apurar o almoço. Contrariada, a moça deixa a sala, torcendo um pano de prato, que bem podia ser o pescoço de Izídia.

Vamos, dona Júlia, descanse um pouco, agora.

Não terminei ainda. Por favor, não me deixe morrer sem concluir minha obra.

A senhora não vai morrer. Não agora.

Vou, Izídia, vou. Você não pode perceber, mas a cada três batidas dentro de meu peito, uma falha. Meu coração perdeu os freios. Daqui a pouco dispara ou arrebenta.

O médico receitou umas pílulas, vou buscar.

Júlia medita em silêncio. Após tanto tempo cega, ainda não perdera o hábito de buscar com os olhos. Ela sabe de cor cada imagem e o local em que está, mas não pode enxergar o brilho festivo dos painéis que fabrica. Primeiro, perdera a noção das formas, depois foram as cores que começaram a desbotar. Uma neblina espessa a separou para sempre das coisas tangíveis. Tivera de aprender tudo de novo, desta vez usando apenas o tato. Sua sorte era a disciplina das mãos, herdada dos estudos de piano. Os gestos, ela conclui, conservam a memória com maior integridade. Talvez por isso consiga desenhar, ainda. Não se dá o mesmo com as palavras. Para escrever em prosa o que está dito em seus desenhos, Júlia dependeria de mãos alheias. Embora tenha perto de si dois pares ansiosos por alcançar-lhe conforto e préstimo, as mãos de Izídia e Maria Preta são tragicamente indomadas para as letras.

Eram cegas as três, Júlia admite com um esgar.

Não há mais o que esperar. Orientada apenas pela memória, ela se dirige ao painel que estampa um navio de passageiros, pronto para a partida. Pessoas mínimas se enfileiram ao redor da escada móvel, que ainda liga o barco ao cais. Em meio à claridade da sala, Júlia avança como quem anda no escuro, a passos vacilantes e braços estendidos para o nada.

Toca a folha lustrosa do papel e sorri ao reconhecer a própria obra. Com a ponta dos dedos, acompanha a risca de carvão que sobe, degrau por degrau, nó por nó, até chegar à proa da embarcação. No convés, alto como uma estrela, um homem a espera com flores nas mãos. Ao longe, ela escuta um apito e sente a brisa soprar ligeira, fazendo-a tremer, não saberia dizer se de emoção ou frio. Tirando o chapéu, o rapaz toma-lhe a mão até que ela se sinta firme nas tábuas do deque. O chão estremece, ele diz não se assuste. É o motor pondo a água em movimento. E entrega-lhe o buquê, que Júlia atira ao mar, deixando que as flores se dispersem.

Ao entrar na sala, Izídia dá com a patroa caída no chão, coberta por um painel no qual, decerto, tentara se amparar. Aos gritos, chama Maria Preta, que ajuda a transportar a patroa para o sofá.

As duas tomam o pulso, tentam ouvir o coração, e finalmente se olham, admitindo com assombro que não há mais nada ali. O silêncio proclama a gravidade da hora. Maria Preta o rompe com um soluço, repetindo: foi-se a senhora, foi-se a senhora. Izídia, mais treinada, faz a amiga trabalhar. Ordena que vá chamar um padre, embora já não seja mais necessário. A sós, dobra os braços de Júlia em cruz e, então, deixa que suas lágrimas se liberem. Não sabe que rumo tomar agora. O que será dela, de Maria Preta, da casa, dos painéis coloridos? Olha ao redor, afasta-se do corpo da patroa e recolhe o painel que jaz no chão, antevendo que precisa ser consertado. Consegue ver mais coisa ali, agora, como se tudo se encaixasse. A sequência de cenas é a história da patroa, sua tragédia contada desde o início; um livro que Júlia não escreveu, mas que ela, Izídia, pode ler claramente agora.

Ao acomodar o painel rasgado sobre a mesa, depara-se com o desenho em que ainda há pouco a patroa trabalhava. Com reverência, Izídia separa as pontas da dobra, que se abre, generosa.

Na seda púrpura do papel, os traços do oceano e do céu indicam tempestade. Um pequeno navio, plantado no meio de duas ondas altas, está à deriva. Falta pouco para afundar, poderia dizer-se. No canto esquerdo da página, entretanto, um farol lança braços compridos, decepa as trevas e, forte como um desejo, leva com segurança o barco rumo ao mar aberto.

# Sobre as personagens

**Ginny** é **Virginia Woolf**. A autora inglesa morreu no dia 28 de março de 1942 ao afogar-se no rio Ouse, após ter concluído os originais de *Between the Acts* (*Entre os atos*, na edição em português). Entre suas principais obras estão *Mrs. Dalloway* (1925), *Orlando* (1928) e *Ao farol* (1927). Virginia Woolf reunia em torno de si expoentes da arte e do pensamento, entre eles seu marido, o editor Leonard Woolf, em um grupo que ficou conhecido como Bloomsbury, nome do bairro em que ela morava em Londres. Virginia sofria de crises nervosas e havia tentado o suicídio várias vezes. Ginny é seu apelido de infância.

**Dottie**, ou **Dorothy Parker**, conhecida pelo humor contundente, morreu em 1967, em Nova York. Foi roteirista, jornalista e crítica literária. Compartilhou da famosa Mesa Redonda do Algonquin, que reunia um seleto grupo de escritores, humoristas e dramaturgos da cena cultural americana à época. Dorothy Parker publicou *Enough Rope*, *Sunset Gun* e *Not so Deep as a Well* (poesia) e *Here Lies* (contos). No Brasil, há uma reunião de contos intitulada *Big Loira*. Dorothy Parker nasceu em West End, Nova Jersey, em 1893. Casou-se três vezes, duas delas com o mesmo marido, Alan Campbell.

**Ana C.**, **Ana Cristina César**, Rio de Janeiro, 2 de junho de 1952. A poeta suicidou-se no dia 29 de outubro de 1983, aos 31 anos, atirando-se pela janela do edifício onde moravam seus pais, em Copacabana, Rio de Janeiro. Publicou *Cenas de abril* e *Correspondência completa*, em 1979, e *A teus pés*, em 1983. *Inéditos e dispersos* (1985) e *Correspondência incompleta* (1999) são obras póstumas.

**Minet-Chéri**, **Colette**, faleceu aos 81 anos, no dia 3 de outubro de 1954, em Paris. Seu funeral foi realizado com pompas de chefe de estado, embora a Igreja tenha se recusado a prestar os serviços religiosos. Sidonie Gabrielle Colette nasceu na Borgonha, em Saint-Sauveur-en-Puisaye, Yonne, França. Estreou na literatura com *Claudine a l'école* (1900), que levava a assinatura de Willy, então seu marido. Ao longo da vida teve vários amores, uma filha, e publicou dezenas de livros.

**Clarice**, de **Clarice Lispector**, faleceu no dia 9 de dezembro de 1977, às 10h30, em decorrência de um câncer, no Hospital da Lagoa, Rio de Janeiro. Naquele ano, a autora havia publicado *A hora da estrela*, última obra de uma produção riquíssima de romances e contos, que iniciou com *Perto do coração selvagem*, romance publicado em 1944. Ela morou na Suíça, na Itália e nos Estados Unidos. Teve dois filhos. A maior escritora brasileira nasceu em Tchetchelnik, na Ucrânia, e sua obra é cada vez mais conhecida no mundo inteiro.

**Kass,** ou **Katherine Mansfield,** morreu em 9 de janeiro de 1923, aos 34 anos, após uma hemorragia pulmonar decorrente da tuberculose. Ela estava voluntariamente internada no Instituto Gurdjieff, nos arredores de Fontainebleau, França. Nasceu em 14 de outubro de 1888, em Wellington, Nova Zelândia, e passou a maior parte da vida na Inglaterra, Itália, Suíça e França. Após um casamento que teria durado apenas um dia, casou-se com o escritor e crítico inglês John Middleton Murry. A obra de Katherine Mansfield está reunida nos seguintes títulos: *In a German Pension* (1910), *Prelude* (1918), *Je Ne Parle Pas Français*

(1920), *Bliss and Other Stories* (1921), *The Garden Party and Other Stories* (1922), todos traduzidos para o português. Além desses, relatos curtos, cartas e diários foram publicados após sua morte.

**Victoria** é **Sylvia Plath**. A escritora norte-americana suicidou-se inalando gás, no dia 11 de fevereiro de 1963, em Londres. Um mês antes, publicara seu único romance *The Bell Jar* (*A redoma de vidro*, em edição brasileira) sob o pseudônimo de Victoria Lucas. Mas Sylvia Plath é mais conhecida por sua poesia, publicada em jornais e posteriormente reunida no livro *The Colossus and Other Poems*, em 1960. Casou-se com o poeta Ted Hugues, com quem teve dois filhos. Após sua morte, aos 30 anos, surge *Ariel* (1965) e a obra poética completa *The Collected Poems* (1981), agraciada com o prêmio Pulitzer. Há também títulos póstumos que reúnem a correspondência, os diários e os ensaios da autora, que nasceu em Boston, Massachusetts, em 1932.

**Flapper**, ou **Zelda Fitzgerald**, perdeu a vida em um incêndio no sanatório onde estava internada, em Ashville, a 10 de março de 1948. Nascida em 1900, em Montgomery, capital do estado de Alabama (EUA), Zelda foi o principal modelo das personagens dos livros de seu marido, F. Scott Fitzgerald, com quem teve uma filha. Artista de múltiplos talentos, Zelda deixou uma obra literária resumida ao romance *Save me the Waltz* (1932), traduzido para o português como *Esta valsa é minha*, e a *The Collected Writings* (1991), que reúne contos, artigos e cartas da autora.

**Sonhadora,** ou **Júlia da Costa**, morreu em 12 de julho de 1911, aos 67 anos. Estava cega e havia passado os últimos oito anos reclusa, preparando-se para escrever aquele que seria o seu primeiro romance. A autora nasceu em Paranaguá, porto paranaense, em 1844, mas passou praticamente toda sua vida em São Francisco do Sul, ilha do litoral catarinense. Entre suas obras poéticas estão *Flores dispersas – 1ª série* (1867) e *Flores dispersas – 2ª série* (1868). Júlia participava intensamente da vida social de sua cidade e colaborava com os principais jornais catarinenses da época, usando, por vezes, pseudônimos como Sonhadora, Americana, J.C., entre outros. Após sua morte, aparecem os livros *Poesias completas* e *Um século de poesia: poetisas do Paraná*, que reúne os dois livros conhecidos de Júlia, mais os originais *Flores dispersas – 3ª série* e *Bouquet de violetas*. Em 2001 é editado o livro *Poesia*, que inclui cartas e uma breve biografia da autora.

A Max Mallmann,
Vivian Wyler, Leopoldo Brizuela e
Maryvonne Lapouge-Petorelli, *in memoriam*.

A Myriam Campello.

Este livro obteve a Bolsa para Escritores Brasileiros
com Obras em Fase de Conclusão, da Fundação
Biblioteca Nacional, Ministério da Cultura, 2000.

Este livro foi composto na tipografia Minion Pro,
em corpo 12/16, e impresso em papel
off-white na Plena Print.